Hannelore Deinert

Ein anderer Horizont,

ein anderes Leben.

Wer bist du, Fremder?

Inhaltsverzeichnis

Bibliografische Information der Deutschen Nationalbibliothek: Die
Deutsche Nationalbibliothek verzeichnet diese Publikation in der Deut-
schen Nationalbibliografie; detaillierte bibliografische Daten sind im
Internet über dnb.dnb.de abrufbar.

.: © 2019 Hannelore Deinert

„Herstellung und Verlag:
BoD – Books on Demand, Norderstedt"

.

ISBN 9783746099217

Als der Häuptling sah, dass sein Volk des Kampfes müde war und verzagt, führte er es in die Berge, in ein verborgenes Tal, wo es klares Wasser und grüne Weiden gab. Dort konnte es bleiben, bis zu dem Tag, an dem es sich erholt haben wird und Manitu sie zur alten Stärke zurückführen würde. Er selbst hatte es versucht, so viele Jahre hindurch, jetzt war er alt und ohne Hoffnung.

Jasmin und Gerry

Jasmin Wissmann wuchs im Rodgauer Land, im beschaulichen Örtchen Jügesheim auf. Sie war das erste Kind ihrer Eltern, wohlsituierte, angesehene Leute. Ihr Bruder Bertram erblickte ein gutes Jahr nach ihr das Licht der Welt.

Schon im Babyalter konnte man sehen, dass die Geschwister nicht unterschiedlicher sein konnten. Während Jasmin von Geburt an klein und zart war, dem Charakter nach aber ganz der Vater, trotzig und bestimmend, war Markus bemerkenswert unaufgeregt, hielt dabei aber seine Eltern und Umgebung mit seiner gutmütig tollpatschigen Unternehmerlust in andauernder Hochspannung.

Die Eltern vergötterten ihre Kinder und förderten sie frühzeitig, indem sie ihnen witzige Lehrhefte und Märchenkassetten in Englisch kauften. Wenn es später in der Schule hakte, engagierten sie Studenten für Nachhilfestunden, was vor allem dem überaktiven Markus, der nicht viel vom Lesen hielt, zugutekam. Die Kinder durften Reiten lernen und im Urlaub an Frankreichs Westküste, wo die Familie einen Wohnwagen stehen hatte, das Surfen. Mit sechs Jahren ging Bertram in ein Judotraining, was seinem Naturell sehr entsprach, und Jasmin zum Kinderturnen, schließlich in ein Leistungsturnen. Im zarten Alter von acht Jahren lernte sie Geige spielen. Obwohl die nervigen Quietsch-Töne, die sie anfangs ihrem Instrument entlockte, den Bruder vertrieb und die Anverwandten zum Kauf von Ohrkapseln anregte, waren die Eltern von ihrem Spiel zu Tränen gerührt. Immerhin durfte die niedliche Kleine bei einem Weihnachtskonzert ganz vorne auf der Bühne sitzen, was ein allerliebstes Bild abgab und die anwesenden Zeitungsschreiber zum fleißigen Fotografieren anregte.

Als Teeny lenkte sie gewöhnlich bei Geburtstagsfeiern oder Partys mit einem Outfit, das sich an keinen Trend halten wollte, das hellbraune, seidige Haar zum schwungvollen Pferdeschwanz gebunden, die Aufmerksamkeit und neidische Anerkennung der Freundinnen auf sich, zumal die Jungen bei ihrem Erscheinen erst richtig munter wurden. Jasmin provozierte gern mit zum Beispiel knallroten Stiefeletten und gewagten Miniröcken. Wenn sie sah, dass man über sie redete und tuschelte, amüsierte sie das.

Jasmin schien vom Glück besonders begünstigt zu sein, alle Türen schienen sich wie von selbst für sie zu öffnen.

Nach dem Abitur wollte sie in Frankfurt an der Goethe-Universität Sportphysiologie studieren. Obwohl kaum Ein-Meter-Sechzig groß, brachte sie den Willen, den Ehrgeiz und die körperliche Voraussetzung dafür mit, schließlich hatte sie von klein auf geturnt, gesurft und lange in einer Tanzgruppe getanzt, die nötigen Praktika hatte sie schon während der Gymnasialzeit absolviert. Dem Studium stand also nichts im Wege, außer dass kein diesbezüglicher Studienplatz frei war.

Um die Zeit bis zum Einstieg in das Studium zu nutzen, entschloss sich Jasmin, für ein paar Monate nach Neuseeland zu reisen, eine frühere Klassenkameradin wollte sich ihr anschließen. Die Wissmanns waren alles andere als begeistert von den Plänen ihrer Tochter, aber Jasmin schob all ihre Argumente rigoros beiseite. Sie sei schließlich achtzehn Jahre alt, meinte sie, also volljährig, und das angesparte Geburtstags- und Weihnachtgeld der Großeltern und Verwandten würde für den Aufenthalt auf der Insel ausreichen. Die Eltern mussten nachgeben, also besorgte Herr Wissmann für seine Tochter, als Belohnung für das gelungene Abitur sozusagen, den Flug nach Auckland mit flexiblem Rückflug, und ein modernes Mobiltelefon mit integriertem Fotoapparat, dazu ein Ladegerät, damit sie sich jederzeit melden und er ihr, Herr Wissmann, wenn nötig zu Hilfe eilen könne.

Am Frankfurter Flughafen schauten die Eltern ihrer Tochter nach, wie sie mit ihrem Rucksack, der ihnen viel zu schwer und zu groß für die kleine Person erschien, durch die Sperre ging und, noch einmal munter zurückwinkend, inmitten der anderen Fluggäste verschwand.

Sechs Monate hörten sie zu ihrem Leidwesen kaum etwas von ihr, Jasmin vergaß schlicht, sich zu melden. Sie joggte allein durch das Land am anderen Ende der Welt, denn ihre

Freundin hatte bald Heimweh bekommen und war zurück nach Deutschland geflogen.

Auf der Nordinsel lernte sie die Maoris kennen und achten, sie lernte, je höher ihr Rang, desto kunstvoller und üppiger waren ihre Körper tätowiert. Jasmin ließ sich, um ihnen ihre Wertschätzung zu demonstrieren, einen kleinen Schmetterling auf das linke Schulterblatt tätowieren, was gut bei ihren neuen Freunden ankam. Sie durfte mit ihnen in einem Geländewagen auf unsicheren Schotterpisten in die Berge fahren, bis hinauf zur nördlichsten Klippe, auf der ein einsamer Leuchtturm stand. Von dort aus hatte man einen fantastischen Blick auf die unruhige Tasmanische See. Hier, erklärten ihr die Maoris, wo sich die Meere vereinen, sei ein mystischer Ort, von dem aus die Seelen der Verstorbenen nach Island-Threeim-King aufbrechen würden, das irgendwo in der Weite der See liegt und es keine Wiederkehr gäbe. Die Mystik dieses besonderen Ortes überwältigte und bedrückte Jasmin gleichermaßen.

Danach durchwanderte sie mit den Maoris den Waipoua-Forest mit seinen riesigen Karribäumen, viele davon waren über fünfzig Meter hoch und hatten einen Umfang von mehr als zehn Metern. Sie legte sich zwischen Neuseelands Ureinwohner schlafen und fühlte sich bei ihnen geborgen.

Dann zog sie mit ihrem Rucksack weiter, half den Schafshirten beim Scheren ihrer Schafe, reparierte Zäune und nächtigte mit den Hirten bei ihren Schafen oder in windigen Scheunen.

Schließlich setzte sie mit ihrem Gepäck zur Südinsel über, fuhr mit einer pfeifenden und dampfausstoßenden Bahn durch spektakuläre, vulkanische Landschaften und Naturrks, traf in den Städten und Orten Rucksacktouristen, die so wie sie auf Abenteuer aus waren. Es gab viele davon. Sie reiste mit einem wenig vertrauenserweckenden Bus durch verschlungene Flusstäler und über atemberaubende Brücken, danach mit dem Zug über schneebedeckte, alpine Berge und an rauen Küsten entlang, immer gen Süden. Mit einigen tollkühnen Leuten kenterte sie bei einem Wildwasserrafting, woraufhin sie ein paar Tage pausieren musste und Gelegenheit bekam, endlich eine beruhigende Mail an die Eltern zu schicken. Sie dachte jetzt öfter an sie und den Bruder und musste sich widerwillig eingestehen, dass sie Heimweh hatte. Außerdem ging ihr das Geld aus.

Als die Eltern sie nach sechs Monaten erleichtert in die Arme schlossen, war Jasmin nicht nur braungebrannt und ihr langes Haar von Wind und Sonne blondmeliert, sie hatte auch ihren Horizont erweitert und ihre Grenzen kennengelernt. Vielleicht war sie auch ein klein wenig bescheidener geworden, was ihre Abenteuerlust jedoch in keinster Weise beeinträchtigte.

Ihr Bruder Bertram hatte inzwischen die ungeliebte Schule hinter sich gelassen und eine Mechatroniker-Lehre begonnen. Mit einigen Freunden, die er von der Schulzeit her kannte, feierte er die Feste, wie sie fielen, oftmals des nachts auf den Straßen und Plätzen des Ortes, was die Geduld der schlafbedürftigen Anwohner auf eine harte Probe gestellt haben dürfte.

Weil für Jasmin immer noch kein passender Studienplatz frei war, fuhr sie mit dem VW-Polo, den ihr der Vater besorgt hatte, nach Schleswig-Holstein, um sich dort bei den Wattschützern um einen Helferposten zu bewerben.

Es war nicht die Abgeschiedenheit der Forscher und ihre mehr als spartanische Unterbringung und Verpflegung in Leuchttürmen oder Bauerngehöften, die Jasmin abschreckten, auch nicht, dass sie jeden Tag auf einem Holzsteig durch das Watt und auf dem Deich zum nächst gelegenen Ort radeln sollte, um dort die Post, die Fachzeitschriften und die lebenswichtigen Dinge zu holen, aber ein Jahr lang im Watt Miesmuscheln zählen und zu protokollieren oder für die Forscher und Naturschützer Botengänge aller Art zu machen, entsprach nicht ihrer romantischen Vorstellung von Auffangstationen für Robbenbabys oder von Zugvögeln und Schweinswale beobachten und ihre Population und Gewohnheiten zu studieren. Enttäuscht fuhr sie wieder nach Hause.

Auch deshalb war sie nicht in allerbester Laune, als ihr bei der Geburtstagsfeier ihrer besten Freundin Silvia ein amerikanischer Soldat vorgestellt wurde. Das Geburtstagskind selbst präsentierte ihn stolz als ihren Freund Er war in Zivil und wirkte mit seiner mittelgroßen, durchtrainierten Statur und dem selbstsicheren, lässigen, ein wenig arroganten Auftreten sehr amerikanisch, was durchaus nicht unsympathisch war. Er hatte kurzes, dunkles Haar, braune, herausfordernd schauende Augen und einen unwiderstehlichen Akzent. Jasmin verliebte sich augenblicklich in ihn.

Es war für beide Liebe auf den ersten Blick, die Welt versank um sie, sie hatten nur noch Augen füreinander. Silvias missbilligendes Gesicht und die neugierigen, vielsagenden Blicke der anderen Gäste nahmen sie nicht wahr, ihre Verliebtheit setzte sich über andere Empfindsamkeiten hinweg.

Gerry wartete zu der Zeit in der Babenhäuser Kaserne auf seinen nächsten Einsatz. Er war am Kundus mit einigen Kameraden bei einer Routine-Kontrollfahrt mit einem Militärlaster auf eine Mine geraten und in die Luft geflogen, zwei Kameraden starben unter unsäglichen Qualen noch vor Ort, die anderen wurden schwer verletzt geborgen und nach Deutschland ausgeflogen, darunter auch er, Gerry. Kaum genesen, durften die Kameraden zu ihren Familien in die Vereinigten Staaten heimkehren, nur er, Gerry, nicht. Seine Verletzungen, so hieß es vom Militärarzt, seien nicht schwerwiegend genug. Die Taubheit in seinem rechten Ohr wäre keine wirkliche Beeinträchtigung und würde sich mit der Zeit geben.

Die Narben, die ein Schock in der Seele eines Soldaten hinterlässt, die sind leider nicht gleich zu erkennen.

Gerrys Einstellung zum Dienst an der Waffe und zum Krieg im Allgemeinen hatten sich allerdings seit dem Überfall am Kundus grundlegend geändert. Die permanente Wachsamkeit und Anspannung, -die Talibans waren stets sehr gut bewaffnet, wurden nicht selten von Einheimischen unterstützt und griffen grundsätzlich aus dem Hinterhalt an- hatten ihn an seiner Mission zweifeln lassen. Der Kampf im fremden Land, unter Einsatz von Leib und Leben, erschien ihm erschreckend sinnlos zu sein. Der Terror war seiner

Meinung nach eine Hydra, schlug man ihr einen Kopf ab, dann wuchsen drei größere nach. Gerry jedenfalls konnte sich ein Leben ohne Gewalt durchaus vorstellen, was für einen Soldaten, der freiwillig diente, wenig hilfreich ist.

Es war eine kurze, intensive Zeit des Glücks, auch wenn ein anderes Mädchen sehr darunter zu leiden hatte und ihnen die Freundschaft kündigte, was am Rande durchaus mit Bedauern registriert wurde. Jasmins Familie nahm Gerry herzlich auf, Frau Wissmann verwöhnte ihn mit regionalen Leckereien, wie Handkäse, Äppelwoi und Zwiebelkuchen. Aber dann kam der gefürchtete Einzugsbefehl und Gerry musste Abschied nehmen. Am Hanauer Bahnhof umarmten und küssten sie sich ein letztes Mal und versprachen, sich jeden Tag zu schicken. Niemand glaubte an das Bestehen dieser jungen Liebe, außer die beiden selbst natürlich.

Gerry erhielt von Jasmin täglich ein lustiges WhatsApp, worüber er stolz und glücklich war. Er selbst meldete sich bei seinem German Girl nur sporadisch, wie es eben die Umstände erlaubten. Seine kurzen, hastig geschriebenen Worte waren voller Zärtlichkeit und Zuversicht.

Im späten Frühjahr erhielt Jasmin endlich die schriftliche Zusage für ein Sportphysiologie-Studium, im Herbst würde an der Frankfurter Goethe-Uni ihr erstes Semester beginnen. Sie freute sich sehr darüber und mailte es sofort Gerry.

Auch Gerry hatte eine Neuigkeit, er mailte zurück, dass er den Militärdienst quittiert habe und noch in diesem Jahr heimfahren würde, zu den Eltern nach Kansas. Sie könne ihn dort, auf der Ranch seiner Eltern, jederzeit besuchen, sie wäre immer herzlich willkommen. Für die Flugkosten würde er selbstredend aufkommen und für alles, was sonst noch anfallen würde. Jasmin versprach es, sie würde sehr gern in den ersten Semesterferien, also im Februar, für einige Wochen kommen. Sie freue sich schon riesig darauf.

Die Wissmanns waren von den erneuten Reiseplänen ihre Tochter alles andere als begeistert, wie man sich denken kann. Sich schon wieder in ein unberechenbares Abenteuer zu stürzten, musste nun wirklich nicht sein. Bertram jedoch, der große Bruder, bewunderte die kleine, quirlige Schwester ob ihrer Courage, hatte sie sich etwas in den Kopf gesetzt, dann war das Sache und nicht mehr zu ändern. „Reisende soll man nicht aufhalten", meinte er gewohnt gelassen. „Sie weiß schon, was sie tut. Sorgen braucht ihr euch nicht um sie, sorgen muss sich höchstens der, der ihr schräg kommt, nicht wahr, Schwesterlein?"

„Aber ja, Brüderchen", erwiderte Jasmin schwesterlich überlegen. „Weißt du, wenn man jemanden liebt, dann muss man ihm vertrauen. Was wäre das sonst für eine Liebe?"

Damit war alles gesagt, das mussten auch die Eltern einsehen.

Der Herbst und der Winter zogen sich quälend lang hin, Jasmin fuhr unter der Woche jeden Morgen mit der S-Bahn nach Frankfurt zur Uni. Sie musste viel lernen, saß wie ein Einsiedlerkrebs in ihrem Zimmer und widerstand der Versuchung, mit Freunden auszugehen und zu feiern, denn sie wusste, in den Semesterferien würde sie das Gelernte nicht vertiefen können. Selbst in der Fastnachtszeit blieb sie zuhause, obwohl ihr das Verkleiden immer viel Spaß bereitet hatte. Gerrys WatsApp trösteten sie darüber hinweg, bald würden sie sich wiedersehen.

Schon Wochen vor der Abreise packte sie ihre Koffer, den Flugschein, auf dem die Fluglinie und die Flugzeiten vermerkt waren, auch die der Rückreise, hatte ihr Gerry bereits per Einschreiben geschickt. „Ich kann es kaum erwarten", mailte er, „dich in New York, am John F. Kennedy-Airport, abzuholen. Die anschließende Bahnfahrt wird zirka sechs Stunden dauern, dabei wirst du viel von Amerika mitbekommen. In Salina wird uns mein Bruder Frankie abholen und nach Hause, zur Ranch meiner Familie bringen. Sie freut sich schon sehr auf dich. Du wirst sie mögen."

Ende Februar, es war vier Uhr morgens, war es dann soweit, jetzt schon das zweite Mal brachten die Wissmanns ihre Tochter zum Frankfurter Flughafen. Wieder mussten sie zusehen, wie sie, so klein und schutzbedürftig sie auch wirkte, selbstbewusst durch die Sicherheitsschranken ging und rasch zwischen den anderen Reisenden verschwand. „Melde dich, wenn du da bist!", rief ihr Herr Wissmann noch nach, aber dass hörte sie anscheinend schon nicht mehr.

Die Zeitverschiebung würde ihr, das wusste sie von der ersten großen Reise her, keine Schwierigkeiten machen. Im Flugzeug hatte sie einen Fensterplatz, dafür hatte ihr Vater gesorgt, ein liebenswert aussehender, älterer Herr nahm freundlich grüßend neben ihr Platz. Nach den kategorischen Sicherheitseinweisungen vermeldete die ruhige Stimme des Piloten, dass es ein voraussichtlich ruhiger Flug in 11000 Metern Flughöhe sein wird, die Flugdauer etwa acht Stun-

14

den und vierzig Minuten betragen würde und sie nach New Yorker Zeit um etwa 8 Uhr 15 auf dem John F. Kennedy-Airport landen würden. Die Temperatur in New York City entspräche ungefähr der unseren, nämlich 5 Grad Celsius.

Jasmin nahm sich vor, während des Flugs möglichst viel zu schlafen, um die Zeitverschiebung gut wegstecken zu können. Nachdem die Wolkendecke und die Erdenschwere weit unter ihnen lagen, schnallte sie sich ab und schaute träumend in das grenzenlose, lichte Blau hinter dem winzigen Fensterchen des Flugzeugs.

Sie entnahm der Rücklehnentasche des Vordersitzes eine Lektüre und schlummerte darüber ein. Im Traum sah sie Gerry, hinter der Besucherzone des Flughafens stehen und auf sie warten, sieht sich auf ihn zueilen und spürt, wie er sie zärtlich in seine Arme schließt.

Aber es war nur der grauhaarige Herr neben ihr, der sie behutsam berührte und darauf aufmerksam machte, dass nun das Essen serviert werden würde. Sie bedankte sich lächelnd und verspürte plötzlich Hunger.

Gerry stand hinter der Besucherabsperrung, sie hörte ihn ihren Namen rufen, sah seine vertraute Gestalt, dann lagen sie sich in den Armen.

Die anschließende, sechsstündige Bahnfahrt war sehr kurzweilig, während vor dem Waggonfenster Berge, Wälder, Flüsse und unendlich scheinende Felder vorbeiwanderten, lauschte Jasmin Gerrys lieber Stimme. Er wusste viel zu erzählen, es sei denn, sie küssten sich.

Am Bahnhof von Salina, einer noch jungen Stadt zwischen dem Missouri-Fluss und den Rocky Mountains, wartete ein etwas schlaksiger, junger Mann auf sie. Er trug eine halbwegs saubere Jeanshose, abgewetzte, halbhohe Lederstiefel, eine feste Joppe und einen flotten Cowboyhut, der ihm etwas schief auf dem kurzgeschorenen Kopf saß. Er mochte ein oder zwei Jahre älter wie Gerry sein.

„Mein großer Bruder Frankieboy", stellte ihn Gerry vor. „Ein alter Haudegen, völlig aussichtslos, ihm Manieren beibringen zu wollen."

Frankie nahm das nicht krumm, er schaute die Freundin seines Bruders breit grinsend an. „Respekt, Kleiner, du hast nicht übertrieben", meinte er leicht ironisch und reichte Jasmin mit festem Griff die Hand. „Willkommen, German-Girl."

„Hallo, Frankie", erwiderte Jasmin seinen Gruß, der Bursche gefiel ihr auf Anhieb. Er nahm Jasmins Koffer und schritt den beiden durch eine kahle Bahnhofshalle voran. stieß an deren Ende eine der Schwenktüren auf, eilte eine breite Treppe hinab und ging steifbeinig zu einem Parkstreifen, auf dem viele Autos standen. Dahinter verlief eine belebte Straße. Frankie steuerte auf einen reichlich verbeulten, offenen Geländewagen zu, warf Jasmins Koffer auf die Ladefläche und öffnete die Rücktüren.

„Mann", stellte Gerry verwundert fest, „du hast die Karre ja geputzt."

„Nur für dich, Cowboy", meinte Frankie grinsend mit Blick auf Jasmin, die auf einen der Rücksitze Platz nahm. Gerry setzte sich neben sie und Frankie schwang sich, ohne die Tür zu öffnen, hinter das Steuer und fuhr los.

Der High-Way, erklärte Gerry, auf dem sie nun die Stadt verließen, verlaufe von den Rocky- Mountains, quer durch Ohio, Illinois, Kansas City bis nach New-York. Er machte Jasmin auf das schöne Rathaus der Stadt aufmerksam, auf die ziegelgebaute Agatha-Kathedrale und die wuchtige Elisabethen-Church, deren Türme zu sehen waren. Sie wurde von den ersten Siedlern errichtet, erklärte Gerry. „Ich zeig' dir die Stadt später", versprach er. „Salina hat einen Militärflughafen und ein großes Flugzeugwerk, eine High-School und im Park der Stadtbücherei eine eigene Freiheitsstatue, jawohl, wenn auch eine etwas kleinere, wie die in New-York. Wenn du magst, schauen wir uns die größte Jeans-Factory der Vereinigten Staaten an. In Salina, musst du wissen, wurde die Original-Jeans erfunden."

„Das ist wirklich hochinteressant", meinte Jasmin beeindruckt und schmiegte sich an Gerrys Schulter.

Sie fuhren auf dem High-Way durch ein weites, welliges Grasland, hin und wieder waren Gatter mit Schaf- und Rinderherden oder Pferde zu sehen. Ein lebhaftes Flüsschen, von Westen herkommend, ließ sich gelegentlich sehen. „Der Saline River", erklärte Gerry, „wie du siehst, hat er eine leicht rötliche Färbung, das kommt daher, weil er in den Colorado- Springs entspringt, einem National-Park, den wir unbedingt besuchen müssen. Der Saline River mündet übrigens in den Missouri.

„Wie lange wirst du bleiben, German-Girl?", erkundigte sich Frankie, den Kopf halb zu den beiden auf den Rücksitzen umwendend, so dass Jasmin sein jugendlich freches Profil und sein belustigtes Grinsen sehen konnte. „Bei allem, was dir Gerryboy zeigen will, brauchst du mindestens Monate."

„Drei Wochen, Frankie!", rief ihm Jasmin durch das Brummen des Motors zu. „Nicht länger!"

Die Landschaft wurde hügeliger, bewaldeter, kaum eine menschliche Behausung war zu sehen, nur hin und wieder eine verloren wirkende Hütte oder Scheune. Manchmal kam ihnen ein großer Laster oder ein Kleintransporter entgegen, vereinzelt überholte sie ein Wagen.

Nach circa einer Stunde bog Frankie in einen breiten, reichlich mit Schlaglöchern gesegneten Sandweg ein. Zum Glück hatte der Geländewagen eine gute Federung, die die ärgsten Erschütterungen linderte.

„Alles okay bei euch?", wollte Frankie wissen, als es hinter ihm verdächtig ruhig war.

„Na, klar, Frankieboy", hörte er seinen Bruder rufen.

Dann tauchten zwischen Laubbäumen und Sträuchern langgestreckte, niedrige, weiße Gebäude auf. Frankie lenkte den Wagen vor die überdachte, mit vier runden Säulen versehene Veranda des Haupthauses, breite Holzstiegen führten zu einer Eingangstür hinauf. Die ging, als sie aus dem Wagen stiegen, auf und eine blondgelockte Frau mittleren Alters kam die Stufen herabgeeilt. Ein Mädchen von vielleicht

18

fünfzehn Jahren blieb oben stehen und beobachtete die An-
kommenden mit reservierter Miene. Ihr dunkles, zu einem
langen, dicken, Zopf geflochtenes Haar und die leicht kup-
ferne Hautfarbe ließen auf eine indianische Abstammung
schließen.

Gerry stellte die nette, blondgelockte Frau vor. „Das ist
meine Mam, Jasmin."

„Sei herzlich Willkommen, Jasmin." Frau Walker strahlte
Jasmin mit ihren großen, blauen Augen an und breitete ihre
Arme aus. „Gerry hat viel von dir erzählt, aber dass du so
hübsch bist, das hat er nicht erwähnt."

Jasmin fühlte sich an ihre mütterliche Brust gedrückt, auf
einen so herzlichen Empfang war sie nicht gefasst. Dann
stellte Gerry auch die Kleine vor, die zögernd die Treppen
herabgekommen war.

„Meine kleine Schwester Nadja. Na los, Nadja, sag' Jasmin
Hallo", forderte er sie auf. Nadja gab Jasmin zögernd die
Hand. „Hallo, Nadja", grüßte Jasmin sie freundlich. „Wie
geht es dir?"

„Gut", erwiderte Nadja und zog ihre Hand schnell zurück.

„Sie ist immer zuerst etwas zurückhaltend", meinte Frau
Walker lächelnd. „aber das gibt sich gewöhnlich schnell."

Sie führte ihren Gast die Stufen hinauf, die Brüder und das
Mädchen folgten ihnen.

Der große Wohnraum, den sie nun betraten, wirkte sehr ge-
diegen und gemütlich. Die in einem mit grob behauenen

Steinen ummauerten Kamin glimmenden Holzscheite spendeten eine behagliche Wärme. Während Frau Walker mit Nadja in die Küche nebenan ging, man hörte Geschirrklappern, zeigte Gerry seiner Freundin die Gewehre und Pistolen, die in einem verschlossenen, massiven Eckschrank hingen. Er erklärte, dass hier keiner ohne Waffe vor die Tür ginge, auch die Frauen nicht. Jasmins Interesse aber galt eher der Ausstattung des Raums. Sie ließ ihren Blick über die wuchtigen Ledersessel, deren verblassten Sitzflächen und Arm- und Rückenlehnen auf einen häufigen Gebrauch schließen ließen, und die ausladende Ottomane wandern, betrachtete die schöngerahmten Pferdebilder an den grobgetünchten Wänden und die Vitrinen und Kommoden aus rötlich-mattglänzendem Kirschbaum, herrliche Möbel aus der Kolonialzeit, vermutete sie. Auf der Fensterbank des großen Fensters standen Keramik-Töpfe mit blühenden Kakteen, und als Jasmin näher trat, sah sie draußen eine große, geflieste Terrasse und einen Hof, der von Stallgebäuden umgeben war. Eine große Hundehütte stand davor, braune Hühner und ein Hahn pickten und scharrten herum.

Inzwischen hatte sich Kaffeegeruch und der Duft von Apfelkuchen und Zimt ausgebreitet. Frau Walker bat in die angrenzende, geräumige Küche, die von einem immens großen Herd, einem modernen, weißen Büffet und einem wuchtigen, freistehenden Kühl- und Gefrierschrank dominiert wurde, in offenen, weißlackierten Schränken lag allerlei Küchengerät. Die zwei mit hübschen Scheibengardinen versehenen Fenster erlaubten den Blick hinaus auf die Veranda und den Eingangsbereich. Vor den Fenstern stand ein großer, mit einem bestickten Tischtuch versehener Tisch, er war mit einem feinen Kaffee-Service eingedeckt.

Jasmin entschuldigte sich und fragte verlegen nach der Toilette. „Ach, Kindchen", meinte Frau Walker ein wenig zerknirscht. „Sorry, wie dumm von mir. Natürlich willst du dich nach der langen Reise ein wenig frisch machen. Gerry wird dir das Bad zeigen."

„Deine Mutter ist sehr nett, Gerry", meinte Jasmin, als sie mit ihm alleine war. „Hoffentlich macht sie sich nicht allzu viele Umstände wegen mir."

„Ein wenig verwöhnen musst du dich schon lassen, Jessy", meinte Gerry und nahm sie in die Arme. „Sie freut sich so, dass du da bist. Und wie ich mich erst freue, das kann ich dir gar nicht sagen. Sei ganz herzlich Willkommen, Jessy", fügte er herzlich hinzu.

„Danke, Gerry. Deine kleine Schwester, ist sie immer so, so abweisend?"

„Ist sie das? Nun, ja, vielleicht ist sie ein wenig schüchtern, aber das gibt sich bei ihr schnell. Du wirst sehen, ihr werdet noch die besten Freundinnen."

Gerry öffnete eine Tür und Jasmin stand in einem großen, weißgekachelten Waschraum. Auch hier war alles riesig, die freistehende Badewanne. die Waschmaschine und der Trockner, neben dem große Waschmittelkartons standen. In einem Holzregal stapelten sich Handtücher, daneben Cremedosen, Lotion-Flaschen, Zahnputzzeug, Haarbürsten,

Rasierklingen- und Schaum und Aftershaves. In einem Korb lagen Nagelfeilen, Scheren und Pinzetten.

„Sollte etwas fehlen, melde dich", meinte Gerry fürsorglich. „Deine Koffer hat Frankie schon auf dein Zimmer gebracht. Brauchst du was davon?"

Jasmin schüttelte den Kopf und warf einen Blick in den großen Spiegel über dem Doppelwaschbecken, sie sah müde aus, stellte sie fest, am liebsten hätte sie sich gleich zurückgezogen, aber das wäre wohl zu unhöflich gewesen. „Ist schon okay", meinte sie, „ich mach' mich nur ein wenig frisch. Aber heute werde ich wohl bald schlafen gehen, Gerry, ich bin wirklich sterbensmüde. Die Zeitverschiebung und die Luftveränderung machen mir jetzt doch zu schaffen."

„Aber natürlich, mein armer Schatz", meinte Gerry. Er ging hinaus und schloss die Tür hinter sich.

Als sie kurz darauf einigermaßen erfrischt in den Wohnraum und die Küche zurückkam, waren inzwischen zwei Männer eingetroffen, ein großer Hund war bei ihnen. Einer von ihnen war schon älter und etwas untersetzt, er hatte ein wettergegerbtes, bärtiges Gesicht mit dichten, dunklen Brauen und wachen, blauen Augen. Er trug wie hier üblich eine reichlich abgetragene Jeans, ein kariertes Wollhemd und ausgetretene Lederstiefel, Jasmin fand ihn gleich sympathisch. „Hallo", polterte der Mann und quetschte Jasmins kleine Hand derart, dass sie, um nicht laut aufzustöhnen, die Zähne zusammenbeißen musste. „Du also bist die legendäre Jasmin, von der der Junge ununterbrochen redet. Nun, da du jetzt da bist, wird er hoffentlich wieder zu gebrauchen sein!

Halte mir die Boys nicht zu sehr von der Arbeit ab, verstanden!", fügte er augenzwinkernd hinzu.

„Mein Dad", stellte ihn Gerry unnötigerweise vor.

„Hallo, Mister Walker", Jasmin lächelte gewinnend. „Ich werde es versuchen."

„Und das ist Lakota und sein Hund Wotan", stellte Gerry den zweiten Mann und seinen großen Hund vor.

Der Mann war ein Indianer, das war trotz seiner hier üblichen Kleidung, Jeans, Wollhemd, Joppe, Stiefeln, nicht zu übersehen. Er war mittelgroß, hager und hatte scharfe, stolze, fast abweisende Züge mit engliegenden Augen und hohen Wangenknochen, das nachtdunkle Haar fiel ihm glatt auf die Schultern. Sein großer Hund musste schon alt sein, denn sein einstmals dunkles Fell und die lange Schnauze schimmerten silbrig, die großen, dunklen Augen jedoch schauten Jasmin wachsam und aufmerksam an. Jasmin wollte ihm über den Kopf streicheln, aber der Indianer stoppte sie, indem er mit ruhiger, melodischer Stimme meinte: „Vorsicht, Wotan ist Fremden gegenüber etwas misstrauisch."

Als sie sich zu Tisch setzten, blieb Wotan neben dem Stuhl des Indianers hocken, ließ aber die Fremde nicht aus den Augen. Jasmin wurde der Stuhl gegenüber dem Indianer angeboten, das nachmittägliche Licht fiel seitlich durch das Fenster auf sie, so dass sie von allen gut in Augenschein genommen werden konnte. Gerry und Frankie setzten sich links und rechts neben sie, Herr Walker an die Stirnseite des Tisches, Nadja ließ sich neben ihm und dem Indianer nieder, anscheinend war das die gewohnte Tischordnung. Nachdem Frau Walker den dick mit Puderzucker bestreuten Apfelkuchen auf die Teller verteilt und ihrem Mann gegenüber Platz genommen hatte, meinte sie heiter: „Guten Appetit, lasst es euch schmecken", und an Jasmin gewandt: „Nochmals, liebe Jasmin, sei herzlich willkommen bei uns. Unsere Boys wirst du noch kennenlernen, sie sind derzeit oben auf der Nordweide."

Jasmin bedankte sich für das herzliche Willkommen und kostete vom Kuchen, Frau Walker war eine ausgezeichnete Bäckerin, stellte sie fest. „Der Kuchen schmeckt ganz wunderbar, Frau Walker", meinte sie anerkennend, „aber Gerry hat mir gar nicht gesagt, dass er außer Frankie noch mehr Brüder hat."

„Oh, die Boys sind nicht meine Brüder", berichtigte sie Gerry schmunzelnd, „aber fast. Sie sind unsere Cowboys und kümmern sich um die Herden. Aber, wenn ich mir's überlege, gehören sie zur Familie, mit ihnen sind wir beinahe öfter zusammen, als mit ihr."

„Kann man so sagen", bestätigte es Herr Walker und ließ sich von seiner Frau noch ein Stück Kuchen auf seinen Teller schieben.

„Aha", meinte Jasmin und nahm einen Schluck Kaffee.

„Die Herde muss immer bewacht und beaufsichtigt werden", erklärte Gerry. „Weißt du, hier muss sich jeder selbst um sein Vieh und sein Eigentum kümmern, die Polizei von Salina wäre damit überfordert. Zugegeben, hier herrschen ein wenig härtere Verhältnisse wie im beschaulichen Germany, aber wenn du erst einmal eine Weile hier bist, wirst du dich daran gewöhnt haben."

Mister Walker legte seine Kuchengabel auf seinen leeren Teller ab und betrachtete Jasmin belustigt. Sie trug noch ihre Reiseklamotten, einen enganliegenden, rostroten Rollkragenpulli, einen kurzen, braunen Wollrock, wärmende Strümpfe, die ihre schlanken Beine schön zur Geltung brachten, und hochhackige Stiefeletten. Natürlich waren ihre Fingernägel schön zugefeilt und rostrot lackiert. Bei Mister Walkers abschätzendem, leicht ironischen Blick aber fühlte sich Jasmin seltsam verunsichert, ein ganz neues Gefühl für sie. Wahrscheinlich kam hier kein weibliches Wesen auf die Idee, sich die Finger- und Zehennägel zu lackieren.

„Hoffentlich hast du noch andere Kleider dabei", meinte Mister Walker amüsiert. „Wenn du zur Weide hinausreiten willst, ich nehme an, das willst du, dann brauchst du wetterfestes Schuhzeug und bequeme Jeans."

„Keine Sorge, Dad", meinte Gerry und wollte Jasmin Kaffee nachschenken, was sie dankend ablehnte. „Du musst wissen, Jasmin ist zäher als sie aussieht, sie hat beispielsweise ganz allein Neuseeland bereist. Zur Not kann ihr ja Nadja ein paar Klamotten ausleihen, nicht wahr Nadja? Ihr habt ungefähr die gleiche Größe."

„Gut", meinte Mister Walker und wischte sich mit der Serviette über den Mund. „Nur in diesem Land, wie heißt es gleich? Richtig, Neuseeland, da gibt es keine Wölfe und keine Grizzlys. Ohne Hunde wie Wotan hätten wir hier große Probleme, nicht wahr, Lakota?"

Er und der Indianer standen auf. Auch der große Hund erhob sich, gähnte herzhaft und trottete zur Tür, wo er sich wartend niederließ.

„Wir haben noch zwei, drei Tage oben auf der Nordweide zu tun", meinte Mister Walker, während er sich seine Joppe überzog. Er nahm vom Garderobeständer den etwas verbeulten, ledernen Hut, stülpte ihn auf den Kopf und bog die Krempe etwas in die Stirn. Dann nahm er das Gewehr, welches neben dem Kleiderständer an der Wand lehnte, und meinte beiläufig. „Will hat einen ausgewachsenen Furunkel am Hintern, er kann nicht sitzen, schon gar nicht reiten. Wir werden es wohl heute ausbrennen müssen."

„Ach, du liebe Zeit", entfuhr es Jasmin, und als sie die erstaunten Gesichter sah, meinte sie: „Es gibt doch sehr wirksame Salben, die in kurzer Zeit einen Furunkel austrocknen lassen. Wollen wir nicht eine besorgen, Gerry, in einer hiesigen Apotheke? Sicher haben sie eine vorrätig. Wir könnten sie dann mit zur Weide hinaufbringen? Ganz billig ist so eine Salbe allerdings nicht, muss man wissen."

„Tja, wenn das so ist, dann probieren wir es doch einmal damit", stimmte Mister Walker zu. „Elizabeth, gib‘ den beiden das Geld dafür, und Gerry, gib deiner Freundin Ute, sie ist gutwillig und leicht lenkbar. Kannst du überhaupt reiten, kleines Fräulein?"

„Aber sicher, Mister Walker, sehr gern sogar."

Als die beiden Männer mit dem Hund fort waren, fragte Nadja: „Ist es in Ordnung, Tante Elizabeth, wenn ich mit reite auf die Weide?"

„Tante Elizabeth?", wunderte sich Jasmin, „dann war sie also nicht Gerrys Schwester?"

Sie schaute Gerry fragend an, der besprach gerade etwas mit seinem Bruder und achtete nicht auf die Frauen. „Immerhin hat sie einen zusammenhängenden Satz gesagt", dachte Jasmin belustigt, „bisher schwieg sie wie ein Fisch. Was bei Tisch gesprochen wurde, das musste sie allerdings genau mitbekommen haben, sonst hätte sie nicht den Wunsch geäußert, mit auf die Weide kommen zu wollen. „Seltsames Mädchen", dachte Jasmin. Aber auch der Indianer war ihr mit seiner undurchdringlichen, fast schon abweisenden Miene ein wenig unheimlich gewesen. Sein Hund war auch nicht so harmlos, wie er aussah.

„Natürlich, Liebes," hörte sie Frau Walker sagen. „Du hast ja Ferien. Ihr könntet den Boys Kaffee und Proviant mitnehmen, sie werden es brauchen. Heute Abend kommt Silvie zurück und Levi ist ja auch noch da. Sie sind unsere guten Geister", meinte sie erklärend zu Jasmin, während sie gemeinsam das Geschirr abräumten. „Silvie besucht gerade ihre Eltern", plauderte sie, „sie arbeiten auf einer kleinen, benachbarten Farm. Wenn es hier im Garten und auf dem Acker wieder richtig losgeht, dann kann sie es nicht mehr tun. Wie wäre es, Gerry, wenn du Jasmin unsere Tiere und die Ranch zeigen würdest? Es sei denn, Jasmin, du willst dich bis zum Abendessen ein wenig ausruhen."

Das wollte Jasmin, all die neuen Eindrücke musste sie erst einmal verdauen, außerdem wurde es Zeit, den Eltern eine kurze Nachricht zu mailen. Als Gerry sie in eine hübsch hergerichtete Dachkammer gebracht hatte und sie ausgestreckt auf dem Bett lag, wählte sie auf ihrem Handy die WhatsApp ihrer Eltern. „Hey, Eltern", mailte sie, „bin angekommen. Gerrys Eltern sind nett, vor allem seine Mutter. Den Rest der Familie muss ich noch kennenlernen. Melde mich wieder, Jasmin."

Sie legte das Handy beiseite und schlief sofort ein.

Wahrscheinlich hätte sie den Abend und die Nacht durchgeschlafen, wenn Gerry nicht an ihre Tür geklopft und sie gebeten hätte, zum Abendessen zu kommen.

In der Küche hielt sich inzwischen ein etwas molliges Mädchen auf, es hatte krauses, kurzes Haar, ein rundes, gutmütiges Gesicht mit großen, dunklen Augen und eine schokobraune Hautfarbe, offensichtlich war sie ein Mischlingskind. Über ihrem geblümten, langärmeligen Baumwollkleid, das ihr bis zu den locker bestrumpften, runden Waden reichte, trug sie eine sauber geplättete Schürze, deren rüschenversehene Bänder im Rücken gekreuzt und an der Taille an die Schürze geknöpft waren. Ihre Füße steckten in Filzpantoffeln.

„Das ist unsere Silvie", meinte Gerry fast zärtlich, man sah es ihm an, dass er sie sehr mochte. Silvie betrachtete ungeniert den Gast und meinte: „Du gefällst mir, Mam. Du bist sehr hübsch."

„Danke, Silvie", meinte Jasmin verlegen. „Du gefällst mir auch."

Nadja hantierte in der Küche herum, sie schien sich für nichts und niemanden zu interessieren.

„Genug der Komplimente", meinte Frau Walker energisch. „Vielleicht hast du die Liebenswürdigkeit, Silvie, den Tisch zu decken?" Und weil Frankie gerade zur Tür hereinkam, fügte sie hinzu: „Wenn die Herren mit anpacken würden, könnten wir auch schon essen."

Im Nu waren Käse- und Wurstplatten, ein Korb mit dunklen, duftenden Brotscheiben, süßsauer eingelegte Gurken und gekochte, mit Zwiebelringen belegte und Olivenöl beträufelte Rote Beete- Scheiben auf dem Tisch. Jasmin verspürte plötzlich einen ordentlichen Appetit. Als alle saßen, griff sie so wie die anderen tüchtig zu. Während geschmaust wurde, plauderte man über Dinge, die demnächst anstanden, wie, Levi müsse den Gemüsegarten umgraben und neu einsähen. Vielleicht sollte man dieses Mal diese oder jene Tomaten- oder Gurkensorte ausprobieren. Auf Gläser wurde verzichtet, man trank das dunkle, herbe Bier aus Flaschen. Jasmin schmeckte es sehr gut, spürte jedoch bald, dass ihre Glieder schwer davon wurden. Sie bat Gerry um ein Glas Wasser, was er ihr besorgte.

Später machte man es sich im Wohnraum, vor dem wärmenden Kamin gemütlich. Jasmin musste von ihrem Zuhause und von ihren Plänen erzählen, sie tat es gern. Sie erzählte von ihrem Studium, das voraussichtlich drei oder vier Jahre dauern würde, ein Semester habe sie ja bereits hinter sich gebracht. „Genau genommen hätte ich gar nicht kommen dürfen", meinte sie, „denn in den Semesterferien muss man gewöhnlich das Gelernte festigen und sich auf das nächste Semester vorbereiten, sonst ist das Studium nicht zu schaffen. Trotzdem bin ich froh, hier zu sein", fügte sie hinzu, als sie die etwas betroffenen Gesichter ihrer Gastgeber sah.

„Was eigentlich studierst du, Jasmin?", wollte Frau Walker wissen.

„Sportphysiologie", meinte Jasmin. „Es ist mein Wunschberuf. Ohne Sport könnte ich nicht leben."

„Was für einen Sport machst du denn, Jasmin?", erkundigte sich Silvie, sie konnte kaum die Augen von dem feinen German-Girl wenden.

„Nun", meinte Jasmin, „seit meiner Kindheit turne ich und zur Zeit tanze ich in einer Studenten-Tanzgruppe, außerdem laufe ich, so es meine Zeit erlaubt, täglich mit den Hunden meiner Eltern zehn Kilometer. Im Sommer surfe ich in den Ferien an der Französischen Westküste."

„Donnerwetter", ließ sich Frankie vernehmen, dem die Freundin seines Bruders etwas überspannt vorkam. „Und was macht so eine studierte Sport , wie sagtest du gleich? Also, was macht so jemand?"

„Das werden wir ein andermal besprechen", meinte Gerry und stand auf. „Ich glaube, Jessy hat für heute genug. Wir werden uns verabschieden, nicht wahr, Jessy?"

Jasmin war ihm dankbar dafür, sie stand gleichfalls auf, bedankte sich bei Frau Walker für das ausgezeichnete Abendessen und die freundliche Aufnahme und versicherte, dass sie sich auf die anstehenden Wochen ungemein freue und sich, wo immer es gehe, nützlich machen würde. Frau

30

Walker lächelte ihr freundlich zu und meinte: „Genieße die Zeit mit Gerry, sie wird kurz genug sein. Gute Nacht, Jasmin."

Jasmin ihrerseits wünschte allseits eine gute Nacht, warf noch einmal einen fragenden Blick auf die stumm in ihrem Sessel kauernde Nadja, dann ging sie mit Gerry hinaus.

Schon früh am Morgens saßen sie nach einem flüchtigen Frühstück im Geländewagen und fuhren auf dem High Way Richtung Salina. Am Nachmittag dann wollten sie zur Weide hinausreiten.

Salina wirkte noch etwas verschlafen, als sie langsam auf der Hauptstraße entlangfuhren und die Häuserfronten nach einer Apotheke absuchten. Gerry entdeckte das Schild einer Apotheke und parkte davor den Wagen.

Im großen Verkaufsraum hielten sich wenig Kunden auf, Jasmin fragte eine Verkäuferin nach einer guten Furunkel-Salbe. Ob es eine große Tube sein dürfe, wurde zurückgefragt, was Jasmin bejahte, denn ein Furunkel konnte hartnäckig sein. Außerdem schadete es nicht, davon vorrätig zu haben. Gut, die Tube war sündhaft teuer, aber was half's. Gerry bezahlte und sie verließen die Apotheke.

Danach lenkte Gerry den Geländewagen durch die Stadt zu einem außerhalb liegenden Industrie-Gebiet, in dem sich seiner Aussage nach auch die Jeans-Factory befand. Jasmin könne sich dort mit prärietauglichen Jeans eindecken, meinte er grinsend. Jasmin hatte nichts dagegen.

Schon von Weitem war ein überdimensional großer Cowboy zu sehen, der, wie sich herausstellte, mitten auf einem riesigen Parkplatz, vor einem langgezogenen, einstöckigen Gebäude stand. Noch waren die meisten Parkplätze leer, so dass Gerry den Wagen nah am Eingang parken konnte. Über dem Eingang war ein großer, angreifender Puma angebracht, der wohl das Markenzeichen der Jeans-Manufaktur war.

Sie betraten eine riesige, hellerleuchtete Halle, in der lange Reihen Kleiderständer, vollgepackt mit Jeans, Jeansjacken und Westen in allen Größen, standen. An den Wänden türmten sich in Regalen Cowboyhüte aus Wild- oder Rindsleder, Halstücher, Lederstiefel, Sattel und Satteltaschen, Halfter, Peitschen, Lassos, Pferdedecken, Schlafsäcke, Feldflaschen, Brotboxen, eben alles, was ein Cowboy so braucht und begehrt.

„Die Waffen- und Frauen-Etage ist im zweiten Stockwerk", erklärte Gerry und steuerte auf eine lange Rolltreppe zu.

„Gütiger Himmel", stöhnte Jasmin, als sie auf der Rolltreppe zurückblickte. „Wie soll ein Mensch bei diesen Mengen etwas finden?"

„Keine Sorge, Jessy", Gerry lachte sie an und zeigte dabei gesunde, kräftige Zahnreihen. „In deiner Größe ist die Auswahl nicht gar so groß. Ach ja, hab ich dir heute schon gesagt, dass ich dich wahnsinnig liebe?"

Aber Jasmin musste auf das Ende der Rolltreppe achten, wenn sie die verpasste, dann würde sie mit ihren Absätzen leicht ins Stolpern geraten.

Oben das gleiche Bild, ewiglange Kleiderständer, vollgepackt mit Jeansbekleidung, dieses Mal jedoch für Frauen, was an den meist mit Strass Steinen und Nieten verzierten Teilen zu sehen war.

Gerry musterte seine Freundin grinsend und meinte: „Die Zwergen-Größen befindet sich weiter hinten, bei den Waffen. Bitte folge mir, mein schönes Fräulein." Er marschierte durch die langen Kleiderständer voraus, vorbei an Regalen mit Lederstiefeln, Cowboyhüten und Lederbeuteln, alles etwas bunter und fantasievoller, wie unten in der Männerabteilung, An der Rückwand endlich hingen Flinten, Colts und Gewehre in allen Größen und Formen, davor eine lange Theke im Saloon-Stil, hinter der zwei Cowboys, die einem Werbeplakat entsprungen sein könnten, bedienten.

Während Jasmin die Ständer nach einer passenden Jeans durchstöberte und bald mit dreien davon in einer Umkleidekabinen verschwand, betrachte Gerry einige Gewehre und Flinten, ließ sich die eine oder andere zeigen und erklären, legte sie an, um ihre Griffigkeit zu testen und stellte fest, dass es im Vergleich zu der automatischen Schnellfeuerwaffe, die er in Afghanistan bedient hatte, leichte Waffen für den Hausgebrauch waren.

Als Jasmin mit einer immer noch reichlich engen Jeans aus einer Umkleidekabine auftauchte, zwei davon hingen über ihrem Arm, machte Gerry ein bedenkliches Gesicht. „Immer noch zu eng, Darling", meinte er bedauernd. „Du musst dich beim Reiten ordentlich bewegen können."

„Sie ist flexibel, Gerry, siehst du?" Jasmin bückte sich und drehte sich vor einem großen Spiegel hin und her. „Sie bleiben in Form, hat der Verkäufer gesagt, und beulen nicht so aus, wie die euren. So, jetzt brauche ich noch feste Stiefel und eine fellgefütterte Joppe."

Als auch das zu ihrer Zufriedenheit erledigt war, wollte Gerry an der Kasse das Bezahlen übernehmen, aber Jasmin hatte was dagegen. „Lass mal, Gerry", meinte sie. „Du hast schon genug mit dem Flug und der Bahnfahrt bezahlt."

Sie wäre noch gern geblieben und hätte in den Regalen und Ständern ausgiebig gestöbert, das hier war ein echtes Jeans-Paradies, sowas gab es zu Hause nicht, aber sie mussten zurück. Schließlich wollten sie noch heute zur Weide hinausreiten, schon wegen der Furunkel-Salbe.

Gerry tankte den Wagen auf, dann fuhren sie heimwärts. Auf der Ranch warteten schon die Frauen, Frau Walker, Nadja und Silvie, mit dem Essen auf sie. Frankie sei draußen im Gestüt, erzählte Frau Walker, eins der Pferde hat ein Problem mit dem rechten Huf. Der Tierarzt wollte danach schauen.

Nach dem Essen schlüpfe Jasmin in eine ihrer neuen Jeans, in die neuen, schicken Cowboystiefel und die neue Joppe. Jetzt fühlte sie sich den hiesigen Begebenheiten durchaus angepasst.

Als sie mit Gerry in den Hof kam, standen drei Pferde, eine braune Stute, ein buntgescheckter Wallach und ein schöner, hellbrauner Hengst aufgezäumt und gesattelt bereit für den Ritt. Man legte ihnen die von Frau Walker gut mit Proviant-

34

boxen und Wasserflaschen bestückten Satteltaschen über, Nadja schnallte zusammengerollte Decken hinter die Sättel und Gerry überprüfte kurz das Zaumzeug und die Fuß-Gurte. Er lobte Nadja wegen ihrer Sorgfalt, wobei über ihr ansonsten ernstes Gesichtchen ein kleines Lächeln huschte. Jasmin bemerkte, dass sie unter ihrer fellgefütterten Weste einen Schulterholster mit einer handlichen Pistole trug. Auch Gerry hatte einen Gurt umgeschnallt, aus dessen Pistolentasche ein Colt-Griff ragte.

„Also, Jessy", meinte er und klopfte der braunen Stute den Hals, „das ist Ute. Solange du hier bist, wird sie dein Pferd sein. Und das ist Nadjas Pferd, Gosper", Gerry deutete auf den buntscheckigen Wallach, er war etwas gedrungen und kleiner, wie die beiden anderen Pferde, mit einer wilden Mähne. Er passt gut zu Nadja, fand Jasmin. Dann ging Gerry zu dem hellbraunen, unruhig tänzelnden Hengst und streichelte ihm beruhigend über die aufgeregt geblähten Nüstern. „Und das ist Leon, mein Pferd. Wie du siehst, Jessy, freuen sich schon alle drei auf den Ausritt. Hast du die Salbe einstecken?"

„Natürlich." Jasmin betastete die Tube in ihrer Joppentasche und betrachtete das ihr zugedachte Pferd. Die Stute gefiel ihr, sie war gut in Form, hatte einen langen, schönen Schweif und schmale Fesseln. Auch die zwei anderen Pferde waren in einem ausgesprochen guten Zustand.

Gerry bemerkte ihren prüfenden Blick und meinte beiläufig: „Die Pflege der Pferde und der Ställe obliegt derzeit mir." Er schwang sich in den Sattel, auch die Mädchen saßen auf und trabten hinter ihm her aus dem Hof. Frau Walker und

Silvie, die auf der Terrasse standen, winkten ihnen nach, Frau Walker rief: „Gebt auf euch acht!"

Sie ritten entgegengesetzt dem Highway auf dem breiten, holprigen Weg davon.

Jasmin saß gut im Sattel, die neue Jeans war eng, aber okay, die neue Joppe und das feste Schuhwerk hielten warm, was bei dem kühlen Westwind, der ihnen entgegen blies, auch notwendig war. Gerry hatte etwas von einem dreiviertelstündigen Ritt gesagt, der nun vor ihnen lag.

Sie kamen zum Saline River und folgten ihm gegen die Strömung in westlicher Richtung. Das Ufer war steinig, Kies flog unter den Hufen der galoppierenden Pferde in allen Richtungen davon. Die eintönige, wellige Landschaft wurde von einzelnen, kahlen Sträuchern oder einsamen Baumgruppen belebt, da und dort waren noch schmutzige Schneereste zu sehen. Jasmin zog den Pelzkragen ihrer neuen Joppe hoch übers Kinn, sie war froh, ihre Wollfäustlinge übergezogen zu haben, denn die Zügel hängen lassen und die Hände in die warmen Joppentaschen vergraben, war nicht drin, nicht bei einem Pferd, das man nicht kennt.

Plötzlich durchströmte sie beim Anblick der zwei Reiter und der Pferde, denen der lockere Trab am Ufer entlang offensichtlich gefiel, und der unberührten, wilden Landschaft ein sagenhaftes Glücksgefühl, unwillkürlich jauchzte sie laut und hell auf. Gerry und Nadja schauten sie überrascht an, Gerry lachte.

Der Fluss machte eine Linksbiegung und entfernte sich, Gerry galoppierte in die freie Prärie hinein und ließ seine zwei Begleiterinnen ein Stückweit zurück. Auf einer kleinen Anhöhe wartete er auf sie. „Leon wollte einmal richtig Gas geben", meinte er entschuldigend. „Alles Okay bei euch?"

„Bestens", meinte Jasmin. „Was ist mit dir, Nadja?"

„Hättest du was gesagt, Gerry", meinte Nadja schmollend, „dann hätte ich Goster auch einen Spurt gegönnt. Er hätte sich gefreut."

„Na, gut, kleine Lady", meinte Gerry lachend. „Siehst du den Felsen da vorne? Mal sehen, wer zuerst dort ist. Bist du bereit? Dann los!" Schon jagten sie im gestreckten Galopp los, Nadja weit vornüber gebeugt und wie eine Squaw schrille Schreie ausstoßend. Die Pferde lagen Nüstern an Nüstern, jagten weit über das Ziel hinaus und kamen endlich zum Stehen. Ihre Reiter sahen sich nach Jasmin um.

Die kam gemächlich angaloppiert, den beiden bei ihrem wilden Ritt zuzuschauen, war spannend genug für sie gewesen. Nicht nur Gerry war ein ausgezeichneter Reiter, hatte sie dabei festgestellt, Nadja war ihm darin durchaus ebenbürtig.

„Hast du gesehen?", rief ihr Gerry entgegen, „wer zuerst am Felsen war?"

Nadja schaute wie immer betont gleichgültig drein. Nur um ihr eine Gemütsbewegung zu entlocken, sagte Jasmin: „Tut mir leid, Gerry, aber ich glaube deine Schwester war einen Deut schneller als du."

„Aha, weiß Bescheid", meinte Gerry gespielt gekränkt, „die Frauen halten wieder einmal zusammen. Nun, ich werd's mir merken."

Nach knapp einer Stunde kamen sie zu einer kleinen, grobzusammengefügten Blockhütte. Gerry und seine zwei Begleiterinnen stiegen von ihren Pferden, banden sie an den Holzbalken, der sich neben der Hütte befand, dann gingen sie zu dem Gatter, hinter dem einige Hektik und Aufregung herrschte. Die Grasnarbe darin war von den Hufen der sich heftig wehrenden und Bocksprünge machenden Kälber unregelmäßig aufgeworfen. Einige Muttertiere standen, aufgeregt mit den Hufen scharrend, in einem gesonderten Gatter und schauten dem Spektakel ängstlich zu. Zwei der Boys hielten ein Kalb mit Lassos fest, ein anderer setzte ein glühendes Brenneisen auf seine Hinterhand. Kaum war das Brandzeichen gesetzt, stob das Kalb, wild mit den Hinterläufen ausschlagend, wie von einer Tarantel gestochen davon. Jasmin erkannte in dem Mann, der neben einem gusseisernen Behälter mit rotglühender Holzkohle stand und darin Brenneisen zum Glühen brachte, Mister Walker. Wenn ein Kalb ungebrannt entkam und erfolgreich das Weite gesucht hatte, schien ihn das königlich zu amüsieren. „Warum packst du ihn nicht bei den Hörnern, Maik", hörte man ihn dann unter anderem rufen. „Er ist doch noch ein Baby!"

Die Kälbchen und ihre Mütter aber hatten offensichtlich großen Stress, Jasmin taten sie leid. „Muss das denn sein", fragte sie Gerry. „Die armen Teufel."

„Na, klar", lachte Gerry. „Oder wie sonst willst du deine Tiere erkennen. Unser Brandzeichen ist ein dickes W", für die Walker-Ranch, es ist bekannt und gefragt bei den Ranchern ringsum. Im Übrigen tut es nicht weher, als wenn du dir ein Tattoo brennen lässt, so wie das auf deiner Schulter. Übrigens, ein sehr hübscher Papillon", fügte er grinsend hinzu.

„Trotzdem", Jasmin war noch nicht ganz überzeugt. „Wo ist eigentlich der Indianer und sein Hund?", wunderte sie sich, nachdem sie sich umgeschaut hatte.

„Er wird mit Wotan bei der Herde sein", meinte Gerry leichthin. „Schauen wir mal nach ihm, hier stören wir nur."

Nadja schloss sich ihnen an, als sie zu den Pferden gingen, aufsaßen und losritten, Gerry voarneweg, weiter in Richtung Berge. Nach ungefähr zehn Minuten erreichten sie eine sanft abfallende, große Senke, in der sich eine friedlich grasende Herde von ungefähr zweihundert Rindern befand, drei Hütehunde, groß und stattlich wie Wotan, patrollierten um sie herum. Als sie die Reiter kommen sahen, schauten sie ihnen entgegen und spitzten die Ohren. Ob Wotan unter ihnen war, konnte Jasmin nicht erkennen, der Indianer jedenfalls war nicht zu sehen.

„Lakota macht sicher seinen üblichen Erkundungsritt", nahm Gerry an. „Mit Wotan natürlich, wo der eine ist, ist auch der andere, musst du wissen. Lakota und Wotan waren noch sehr jung, als sie zu uns kamen, sie sind ein unzertrennliches, eingespieltes Team. Meine Güte, das ist ewig her, ich kann mich kaum noch daran erinnern. Vater jedenfalls schwört auf diese Hunderasse, sie ist ungemein aufmerksam, treu und unerschrocken, nicht einmal Bären legen sich mit ihnen an. Die drei, die du da unten siehst, sind Wotans Nachkommen."

Nadja war abgestiegen und betrachtete aufmerksam den steinigen Boden. „Das Gras hier ist extrem niedergetreten", meinte sie. „Die Reiter hatten keine guten Absichten, womöglich ist Lakota ihnen auf der Spur."

Gerry stieg vom Pferd und besah sich gleichfalls die niedergetretenen, braunen Grasbüschel. „Mag sein, Nadja", meinte er und saß wieder auf, „vielleicht war Lakota der gleichen Meinung wie du und sieht sich um. Aber ich höre die Boys nicht mehr, sie haben wohl für heute Schluss gemacht. Lasst uns umkehren. Lakota weiß, was er tut."

„Ich bleibe noch", meinte Nadja. „Wenn Lakota zurück ist, komme ich nach."

„Okay, Kleines. Komm aber möglichst nach, bevor es dunkel ist." Als Nadja es versprach, zog Gerry sein Pferd herum, dabei sah er Jasmins besorgtes Gesicht und meinte lachend: „Keine Sorge, Jessy, Nadja ist hier zu Hause, sie kennt jeden Stein hier. Komm, lass uns zurückreiten."

Bei der Hütte angelangt, banden sie ihre Pferde zu den anderen an den Balken und gingen zu Mister Walker und den Boys. Die hatten inzwischen in einer mit großen Steinen eingefassten Feuerstelle ein Feuer entfacht, aus dem Biwak-Topf, der auf einem Metallgerüst darüber hing, roch es lecker nach Bohnen und Speck. Die Boys saßen auf umgelegten Baumstämmen um die Feuerstelle, und als die beiden jungen Leute auftauchten, stockte beim Anblick des fremden Mädchens, welches der Junior-Chef da mitbrachte, ihre

Unterhaltung. Sie musterten Jasmin verstohlen, ein Mädel war hier draußen äußerst selten. Außer Nadja natürlich, aber sie zählte nicht.

„Hallo", grüßte Jasmin, die ihre Verlegenheit spürte, möglichst unbefangen. Gerry hielt fröstelnd die Hände über das wärmende Feuer. „Ganz schön kühl heute Abend, nicht? Das ist übrigens meine Freundin Jessy, sie kommt aus Germany."

„Kommt, setzt euch", forderte sie Mister Walker auf und zeigte auf den Platz neben sich. Jasmin und Gerry setzten sich, einer der Boys drückte ihnen eine geöffnete Bierdose in die Hände.

„Uns ist es heute recht warm geworden, stimmt's, Jungs?", schmunzelte Mister Walker, ein zustimmendes Murmeln antwortete ihm, die Boys schienen durch die Gegenwart des schönen Mädchens immer noch befangen zu sein.

„Wo habt ihr denn Nadja gelassen", wollte Mister Walker wissen. „Vorhin war sie doch bei euch, oder?"

„Nadja glaubte am Rande der Senke verdächtige Spuren gesehen zu haben", meinte Gerry. „Sie wollte auf Lakota warten, er war vorhin nicht da."

„Übrigens, Mister Walker", Jasmin beförderte die Furunkel-Salbe aus ihrer Joppentasche und reichte sie dem Rancher. „Die Furunkel Salbe."

„Ach, ja, der Furunkel", meinte Mister Walker grinsend und nahm sie entgegen. „Nun, das Problem hat inzwischen ein Kalb erledigt, das sich von Will belästigt gefühlt hatte."

Die Boys grinsten, einer feixte: „Bei uns werden solche Probleme eben auf konventionelle Weise gelöst."

„Wir behalten die Salbe für alle Fälle", meinte Mister Walker schmunzelnd. „Wer weiß, Will, vielleicht brauchst du sie mal wieder, dann wirst du dich bei Jasmin bedanken müssen."

„Wenigstens kann ich jetzt wieder sitzen", meinte Will und erhob sich steif. Er rieb sich vorsichtig seine wunde, linke Backe, nahm eine der Blechtassen vom Stangengestell, schöpfte mit einer Kelle Suppe hinein und reichte sie Jasmin. „Lady First", meinte er verlegen. Jasmin bedankte sich artig, nahm die Blechtasse entgegen und setzte sie gleich auf ihren Knien ab, sie war sehr heiß.

„Es wird schon dunkel", meinte Gerry und erhob sich. „Ich schau nach Nadja. Wahrscheinlich hat sie wieder mal vergessen, dass sie gleich nachkommen wollte."

Während Will die dicke Bohnensuppe austeilte, hörte man ihn davon galoppieren.

Nach einer guten Weile kam er ohne Nadja zurück. „Bei der Herde ist sie nicht", vermeldete er. „Aber da auch Lakota nicht zu sehen ist, wird sie wohl bei ihm sein."

„Okay", meinte Mister Walker. „Nun nimm dir von der Suppe, heiß schmeckt sie am besten."

Gerry schöpfte sich eine Kelle Suppe in eine Tasse und setzte sich damit zu Jasmin.

„Mein Gott, hab' ich für einen Mordshunger", meinte er und löffelte los. „Ich könnte glatt den ganzen Topf leer essen." Sehr beunruhigt wegen Nadja schien hier keiner zu sein, stellte Jasmin fest.

Auch nicht, als es dunkel wurde und die Scheite in der Feuerstelle bis auf ein Glimmen heruntergebrannt waren. Mister Walker und die Boys verzogen sich in die Hütte, wo auf Brettergestellen dicke Schafsdecken lagen. Zum Schlafen wurden lediglich die Joppen und die Schuhe abgelegt.

„Nun, ja", meinte Gerry schmunzelnd, als er Jasmins skeptisches Gesicht sah, „ein Badezimmer gibt es hier leider nicht, aber ganz in der Nähe einen Wasserfall, in den die Boys gelegentlich baden. Wenn du willst, Darling, gehen wir Morgen einmal hin. Vielleicht baden wir sogar, was hältst du davon?"

„Gute Idee, Gerry", meinte Jasmin und schmiegte sich fröstelnd an Gerry. „Wenn es nicht zu kalt dazu ist."

Gerry legte seinen Arm um Jasmin, sie legte ihren Kopf an seine Schulter und er seine Wange auf ihr seidiges Haar, dann warteten sie auf Nadja. Plötzlich hob Jasmin lauschend den Kopf. „Ich dachte schon, sie kommt, aber ich hab' mich wohl geirrt. Macht es euch eigentlich keine Sorgen, wenn sie so spät noch allein unterwegs ist? Überhaupt, ist sie eigentlich deine Schwester, Gerry? Sie nannte deine Mutter Tante Elisabeth."

Gerry schaute nachdenklich auf die vor sich hin glimmenden Scheite, dann meinte er leise: „Natürlich ist sie meine und Frankys Schwester, nicht die leibliche, aber das spielt nicht die geringste Rolle. Lakota brachte sie mit, als er mit Wotan zu uns kam, sie war damals ein neugeborenes Baby, sagt Mam. Sie glaubt, Lakota wäre nur ihretwegen gekommen und auch geblieben, denn Komantschen pflegen allgemein keinen Kontakt zu den Ranchern oder bitten sie gar um Hilfe, das ist unter ihrer Würde. Meine Eltern jedenfalls fragten nicht lange, sie nahmen das Baby auf und adoptierten es. Nadja weiß es, es ist kein Problem für sie, sie weiß, dass sie bedingungslos geliebt wird. Für meine Eltern war und ist es ein großes Glück, dass ihnen durch eine gütige Fügung eine Tochter geschenkt wurde und Franky und mir eine kleine Schwester. Lakota und sein Hund blieben, wie du weißt, und wurden uns mit den Jahren lieb und teuer, dennoch, irgendwie blieb uns Lakota auch fremd. Wir wissen im Grunde nichts von ihm und nicht, weshalb er uns ein neugeborenes Baby brachte. Wir fragen auch nicht danach, er hatte sicher seine Gründe dafür.“

„Aber wäre es nicht besser zu wissen, wer Nadja ist und woher sie kommt?“, fragte Jasmin bemüht, nicht allzu aufdringlich und neugierig zu erscheinen.

„Wozu?“, fragte Gerry ungewöhnlich abweisend.

„Schon gut.“ Jasmin fühlte sich ein wenig zurechtgewiesen, trotzdem fragte sie: „Könnte es sein, dass deine Schwester eifersüchtig auf mich ist. Immerhin hatte sie ihre Brüder bisher für sich allein und nun tauche plötzlich ich auf.“

„Quatsch, sie weiß, dass sie das nicht nötig hat. Es ist ganz normal für sie, allein oder mit Lakota, manchmal auch mit Justus, einem befreundeten Rancher, oder mit beiden in der Weltgeschichte herumzustreichen, nicht selten tagelang. Das ist eben ihr Art. In der Schule macht sie sich wirklich gut, sie ist viel besser, als wir Jungs es je waren.“

Jasmin hörte den Stolz aus seinen Worten und meinte scherzend: „Na wunderbar, dann müsste eigentlich ich eifersüchtig auf sie sein.“

Irgendwie hatte sie den Eindruck, Gerry verteidigte seine Schwester oder wollte nicht daran erinnert werden, dass sie nicht seine leibliche Schwester ist. Wie auch immer, im Augenblick war sie jedenfalls abgängig.

„Wo könnte sie nur sein!“, fragte sie und versuchte das undurchdringliche Dunkel außerhalb des zarten Feuerscheins mit den Augen zu durchdringen.

„Sie ist bei Lakota“, meinte Gerry völlig gelassen. „Wenigstens hätte sie Bescheid sagen müssen, sie wird sich deshalb von Dad einiges anhören müssen. Komm, legen wir uns auch schlafen, es ist schon spät.“

In der Hütte schnarchten die Männer auf ihren Bettgestellen um die Wette, Jasmin konnte lange keinen Schlaf finden. Als sie dann doch einschlief, träumte sie von Nadja. Sie hatte ein Messer in der erhobenen Faust und schaute auf Mister Walker herab, der auf seiner Bettstatt in seinem Blute lag. Jasmin wollte schreien, brachte aber keinen Ton heraus. Schweratmend erwachte sie endlich und lauschte auf das gleichmäßige Röcheln und Schnarchen der Männer, ein entferntes Muhen war zu hören. Jasmin wunderte sich darüber, schliefen die Tiere eigentlich nie? Sollte sie Gerry deshalb wecken? Eh sie es tun konnte, schlief sie wieder fest ein.

Misstrauen ist ein schleichendes Gift,
es bohrt, untergräbt, quält und sticht,
bis, was einmal gut und stabil, zerbricht.

Schwindendes Vertrauen

Am Morgen weckten sie verhaltene Männerstimmen, sie hörte leises Pferdeschnauben und das Scharren von Hufen. Es war kalt und dämmrig in der Hütte, allzu spät konnte es demnach noch nicht sein. Jasmin pellte sich aus ihrer warmen Schafsdecke und setzte sich auf, sie war allein, man hatte sie schlafen lassen. Sie rieb sich den Schlaf aus den Augen und gähnte, dann rappelte sie sich hoch. Da kein Spiegel zu sehen war, löste sie kurzerhand ihren Haargummi, strich sich mit den Fingern ein paar Mal durchs seidige Haar, fasste sie wieder zum Pferdeschwanz zusammen und umspannte ihn mit dem Haargummi. Während sie in ihre Stiefel und in die Joppe schlüpfte, hörte sie draußen Gerrys Stimme. Sie ging hinaus.

Draußen saßen die Männer um das neu entfachte Feuer. Im Kessel darüber dampfte Wasser für den Kaffee, den sie, auf den Stämmen hockend, frisch aufgebrüht aus ihren Blechtassen tranken und Brotkeile eintunkten. Als Jasmin auftauchte und munter einen schönen, guten Morgen wünschte, murmelten auch sie so etwas wie einen Morgengruß. Übermäßige Höflichkeitsfloskeln waren hier nicht angesagt, stellte Jasmin fest.

„Gut geschlafen?", wollte Gerry zu ihr aufblickend wissen „Komm, setz dich zu mir. Ich bring dir einen Kaffee und eine Stulle."

Der Kaffee war heiß und stark, aber belebend, Jasmin tunkte den dicken Brotkanten, den ihr Gerry dazu reichte, genussvoll hinein. Es schmeckte gut.

„Der gute Morgen lässt allerdings zu wünschen übrig", grummelte Mister Walker neben ihr. Jasmin dachte an den schlimmen Traum, den sie hatte und freute sich, ihn munter und in bester Gesundheit zu sehen. „Warum denn?", fragte sie kauend.

„Nun, ich habe wegen Nadja kein gutes Gefühl", meinte er. „Ich nehme an, dass sie bei Lakota und der Herde geblieben ist, aber das macht sie eigentlich nie, ohne vorher Bescheid zu geben. Gerry und Aidem, ihr reitet gleich mal rüber und schaut nach, ob alles in Ordnung ist."

„Machen wir, Dad", meinte Gerry. „Wenn du willst, Jessy, kannst du mitkommen, wenn du mit dem Frühstücken fertig bist."

Wenig später ritten sie los.

Als die Senke vor ihnen lag, konnten sie ihren Augen kaum trauten, sie war leer, die Herde war weg, nur noch einige Rinder standen wie vergessen darin herum. Die Hunde aber lagen wie dunkle, große Flecke leblos im feuchten Gras. Lakota und Nadja waren nicht zu sehen.

„Hey, hey!", rief Gerry und gab seinem Pferd die Sporen, er jagte die Senke hinunter, Aidem und Jasmin hinterher, und stoppte es hart vor einem der Hunde. Er sprang ab und kniete sich vor ihm nieder, streichelte seinen Kopf und betastete vorsichtig sein Fell, woraufhin der Hund aufjaulte. Gerry erhob sich und ging zum nächsten Hund, dann zum nächsten. „Harry und Jerry sind tot", meinte er dann mit rauer Stimme. „Lars hat eine Pfeilspitze in der Seite, er muss versucht haben, sie zu entfernen, dabei hat er viel Blut verloren. Wir müssen Dad holen."

Ohne abzusitzen preschte Aidem die Mulde hinauf und verschwand. Wenig später hörte man die Hey-Hey-Rufe der herankommenden Männer, dann standen auch sie am Rande der Senke und blickten fassungslos herab. Sie kamen langsam, wie blockiert herab geritten und schauten sich schweigend um.

„Lars lebt, Dad", meinte Gerry. Er sah so niedergeschlagen aus, dass Jasmin ihn am liebsten tröstend in die Arme genommen hätte.

Mister Walker stieg von seinem Pferd und ging mit hölzernen Schritten zum verwundeten Hund, der ihm traurig entgegenblickte. Er kniete sich zu ihm und betastete vorsichtig, wobei er beruhigend mit ihm sprach, das blutig-feuchte Fell seiner Hinterhand. „Mein treuer Hund", meinte er, „ihr habt keine Schuld, ihr habt die Herde tapfer verteidigt, aber gegen hinterhältige Pfeile könnt selbst ihr nichts ausrichten."

Mister Walker erkannte am abgebrochenen Pfeilschaft, der ein Stückweit aus dem Fell des Hundes herausragte, die

Farben, es waren eindeutig die Farben der Komantschen, orange- rotbraune- und grasgrüne Schrägstreifen, die Farben von Lakotas Stamm. Mark fand weitere Pfeile im Gras, sie hatten dieselben Farben.

„Ich werde versuchen die Pfeilspitze zu entfernen", wandte sich Mister Walker an die Boys. „Bringen wir ihn zur Hütte."

Der verhalten winselnde Hund wurde vorsichtig vor Mister Walker auf sein Pferd gelegt. Dann ritt Mister Walker im Schritttempo los, bemüht, Erschütterungen möglichst zu vermeiden, was leider nicht ganz möglich war, was das gelegentliche, schmerzliche Aufjaulen des Hundes verriet. Die anderen folgten schweigend.

Bei der Hütte angelangt, wurde der Hund vorsichtig vom Pferd gehoben und nach Mister Walkers Anweisung auf ein Brett gelegt, welches schnell herbeigeschafft und über zwei Baumstümpfe gelegt worden war.

„Facht das Feuer an, Jungs", meinte Mister Walker und verschwand in der Hütte. Gleich darauf kam er mit einer Rasierklinge und breiten Leinenstreifen, die er sich, wie Jasmin annahm, wohl aus seinem Unterhemd gerissen haben mochte, zurück.

„Gerry und Jessy", zum ersten Mal hörte Jasmin ihren Kosenamen aus seinem Munde, „ihr haltet Lars ruhig. Lenkt ihn ab, macht irgendwas, damit ich einigermaßen sicher die Pfeilspitze entfernen kann."

Jasmin setzte sich auf das Brett und nahm den Kopf des Hundes auf ihren Schoß, sie streichelte ihn, redete mit ihm, egal was, und als ihr nichts mehr einfallen wollte, trällerte sie ein Lied, wobei Tränen über ihre Wangen kullerten. Gerry versuchte Lars möglichst ruhig zu halten, besonders seine Hinterläufe. Die Boys standen mit betroffenen Gesichtern herum und schauten hilflos zu.

Mister Walker arbeitete schnell, offensichtlich machte er so etwas nicht das erste Mal, er rasierte das Fell um die Eindringstelle des Pfeils herum möglichst kurz ab und machte mit der in der Glut gereinigten Klinge einen schnellen, scharfen Schnitt, der Hund jaulte dabei gequält auf, aber der Pfeil lag frei und Mister Walker konnte ihn vorsichtig aus dem Muskelfleisch lösen. Blut quoll aus der Wunde, Mister Walker presste sie etwas zusammen, tupfte das Blut so gut es ging ab und, während Gerry die Wunde zusammenhielt, umwickelte rasch und sorgfältig mit der selbstgefertigten Binde den Bauch und den Hinterlauf des Hundes.

Danach wischte er sich mit einem Lappen die blutigen Hände ab, sie zitterten ein wenig, und ließ sich erschöpft auf einem Baumstumpf nieder, alle Energie schien ihn plötzlich verlassen zu haben. Er wischte sich mit dem Handrücken über die Stirn und meinte mit müder Stimme: „Macht ihm ein weiches Lager aus Stroh zurecht. Er hat viel Blut verloren, aber das ist im Grunde nicht schlecht, der Pfeil könnte ja auch vergiftet gewesen sein."

Einer der Boys reichte ihm einen Becher mit dampfenden Kaffee, den er dankbar entgegen nahm und zügig austrank.

Will machte sich auf den Weg zur Ranch, um Frankie zu holen. Wenn beide zurück sein würden, würde man sich auf die Suche nach Nadja, Lakota und vor allem nach der Herde machen. Währenddessen ritten die Männer zur Senke. Jasmin ritt mit und half, wenn auch mehr oder weniger nur symbolisch, am Rande der Senke eine Grube in den steinharten Boden zu graben. Sie legten die toten Hunde hinein, schaufelten die Grube zu und bedeckten sie mit großen Steinen, damit die Wölfe sie nicht ausgraben und fressen konnten. Die verbliebenen Rinder, Jasmin zählte fünfundzwanzig, trieben sie zu den Muttertieren und ihren Kälbern, so konnten sie von Frankie und Will, die bei ihnen bleiben sollten, besser gehütet und versorgt werden.

Da Frankie und Will auf sich warten ließen, bat Jasmin Gerry ihr den Wasserfall zu zeigen, er soll ja ganz in der Nähe sein, wenn sie ihn gestern Abend richtig verstanden hatte. Mister Walker hatte sich kurz aufs Ohr gelegt und Maik und Aidem waren mit den Rindern beschäftigt, also machten sich die beiden auf den Weg zum Wasserfall.

Sie ritten zügig und schweigend, das Erlebte saß ihnen noch mächtig in den Knochen, und standen nach kurzer Zeit auf einem bemoosten Felsen, von dem ein dünner Wasserfall zirka fünf Meter rauschend in ein natürliches Bassin abfiel. Sie banden ihre Pferde an einen Baumstamm, dann kletterten sie, Gerry voran, auf dem Trampelpfad neben dem Wasserfall hinab zum Bassin, wo das Wasser brausend und gischend aufkam, sich nach außen hin schäumend beruhigte und in einem kleinen Bachlauf abfloss.

„Schön", meinte Jasmin und hockte sich ans gischtfeuchte, sandige Ufer, um mit der Hand die Temperatur des Wassers zu testen.

„Und hier, sagst du, baden die Boys?", fragte sie zweifelnd. „Das Wasser ist eiseskalt."

„Ab und zu", bejahte es Gerry. „Was meinst du, wollen wir es auch wagen?"

Jasmin aber war schon im Ausziehen begriffen, die Joppe flog in den Sand, nacheinander die Stiefel und, auf einem Bein hüpfend, die Strümpfe, die Jeans, der Pulli und der Rest ihrer Kleider. Mit bloßen Füßen rannte sie, schrille Kampfschreie ausstoßend, hinein in die kalte Gischt, wo sie sofort das dringende Bedürfnis überfiel, gleich wieder ans rettende Ufer zurück zu flüchten. Stattdessen spürte sie den grobsandigen Grund unter ihren Füßen, breitete jubelnd die Arme aus und ließ sich von der prickelnden Gischt des Wasserfalls besprühen. Sie bemerkte Gerry neben sich, er prustete lachend und musste, um bis zum Hals unter Wasser zu kommen, etwas in die Knie gehen. Sie nahmen sich an den Händen und schauten sich lachend an.

Erst als die Kälte schmerzte und biss, hasteten sie zurück ans Ufer. Gerry zuerst, er breitete ihre Joppe aus und hüllte sie darin ein, dann legte er seine eigene zu ihren Füßen und schloss sie fest und wärmend in die Arme. „Meine mutige, schaumgeborene Göttin", hauchte er zärtlich in ihr feuchtes Ohr. Er selbst schien die Kälte kaum zu spüren.

„Du meinst Aphrodite?", meinte Jasmin bibbernd. „Nun, so blau gefroren wie ich war sie bestimmt nicht. Aber du klapperst ja auch mit den Zähnen. Komm, ziehen wir uns rasch an.

Das Anziehen allerdings ging nicht gar so schnell bei ihrer feuchten Haut, aber schließlich war es geschafft und sie kletterten, einigermaßen trocken und warm, zu den Pferden hinauf.

Beim Zurückreiten hofften sie, dass der Hund noch lebte und Nadja und Lakota und sein Hund inzwischen da sein würden. Vielleicht war auch die Herde wieder da, aber das war eher unwahrscheinlich. Immerhin, schlimmer als es schon war, konnte es nicht mehr werden, dachten sie.

Aber da irrten sie leider.

Frankie und Will jedenfalls waren inzwischen bei der Hütte eingetroffen, sie hatten Proviant mitgebracht, dunkles Brot, geschnittene, kalte Bratenscheiben und Kaffee. Einiges davon wurde gleich gegessen, dazu ein Kaffee getrunken, der Tote hätte erwecken können. Jasmin musste sich bei der bitteren, braunen Brühe schütteln, trank ihren Becher aber trotzdem zügig leer. Das tat gut.

Man aß und trank schweigend und in sich gekehrt, Gerry fragte nach Nadja und Lakota, ob sie sich inzwischen gemeldet haben, was verneint wurde.

„Seltsam", meinte er, „dass sieht Lakota so gar nicht ähnlich, dass er einfach verschwindet, ohne irgendeinen Hinweis zu hinterlassen. Sicher, er ist möglicherweise hinter den Rinderdieben her, aber warum hat er nicht Wotan mit einer kurzen Nachricht unter dem Halsband geschickt, das macht er doch sonst auch.

„Ich verstehe nicht ganz, Gerry", wunderte sich Mister Walker, der gerade vom kranken Hund zurückkam. „Willst du etwas andeuten, dass Lakota mit den Viehdieben irgendetwas zu tun hat?"

„Dass es Indianer waren, Dad", gab Gerry zu bedenken, „steht ja außer Frage. Weiße Diebe benutzen gewöhnlich keine Pfeile, oder?"

„Außer sie wollen den Verdacht auf die Indianer lenken", wandte Frankie mit barschem Ton ein. „Das wäre ja nichts Neues. Außerdem sind Pfeile lautlos und wecken nachts keinen auf. Lakota ist mit der Herde verbunden, so als wäre sie seine eigene. Sein Hund ist hier groß geworden und hat Junge bekommen, zwei davon sind jetzt tot, der dritte ringt um sein Leben. Meinst du wirklich, er steckt mit Viehdieben, egal ob Weiße oder Rote, unter einer Decke? Das ist völlig absurd, selbst wenn es Indianer wären."

„Andererseits war er in letzter Zeit doch sehr eigen, muss ich sagen", warf Will ein. „Er ging uns mehr als sonst aus dem Weg. Wir dachten uns nichts dabei, aber jetzt."

„Lakota ist ein Komantsche", meinte Gerry bedrückt, „wenn es darauf ankommt, wird er seine Brüder nicht verraten. Die Pfeile haben nun mal eindeutig die Farben der Komantschen."

„Alles Quatsch", winkte Mister Walker ab. „Es gibt keinen Grund, Lakota zu misstrauen, er war immer loyal und ein zuverlässiger Freund. Ich vermute, dass er mit Wotan auf der Spur der Diebe ist und Nadja, das dumme Mädel, ihnen gefolgt ist. Außerdem, Gerry, werden die Komantschen nicht so dumm sein und ihre Pfeile sozusagen als Visitenkarten hinterlassen. Lasst uns aufbrechen, noch ist die Spur der Herde relativ frisch."

Sie packten die gefüllten Proviantboxen und die Wasserflaschen in die Satteltaschen, Mister Walker schaute noch einmal nach dem Hund, er lag wie tot auf seinem weichen Strohlager, dann band er sein Pferd vom Balken, saß auf und ritt, gefolgt von Gerry, Jasmin, Maik und Aidem, in Richtung Senke davon. Frankie und Will blieben bei den Rindern und dem kranken Hund. Sie rechneten fest damit, dass ihre Leute die Herde bald zurückbringen würden.

Sie umritten im weitem Bogen die Senke, die mit dem Steinhügel am Rande einen trostlosen Anblick bot, und folgten in nordwestlicher Richtung der noch frischen Spur von niedergetrampelten Gräsern und Kothaufen, die eine große Herde hinterlässt. Zwei Tagesritte entfernt lag das Felsengebirge, in dem sich das Komantschen-Reservat befand.

Sie kamen gut voran, die Herde und die Diebe, die viele Stunden Vorsprung hatten, sollten gegen Abend, spätestens morgen früh eingeholt sein.

„Und was passiert?", fragte Jasmin Gerry, der neben ihr ritt, „wenn wir die Diebe eingeholt haben? Sie werden die Tiere kaum freiwillig zurückgeben, oder?"

„Davon kannst du ausgehen", meinte Gerry grimmig lächelnd und legte vielsagend seine Hand auf den Revolvergriff, der rechts an seiner Joppe aufragte. Jasmin verstand.

„Du hast keine Waffe, Jessy, das müssen wir schnellstens ändern. Falls es zu einer Schießerei kommen sollte, bleibst du in sicherem Abstand. Darauf muss ich mich unbedingt verlassen können."

Jasmin nickte. „Das kannst du, Gerry", versicherte sie. Sie war heilfroh, dass sie überhaupt hatte mitkommen dürfen und nicht bei Will und Frankie hatte bleiben musste oder gar zur Ranch zurückgeschickt worden war, was oberpeinlich gewesen wäre. Aber schon klar, ein Spazierritt würde dies hier nicht werden.

Allmählich wurde die Vegetation karger, die Landschaft felsiger, vereinzelt ragten rote, bizarre Felsen steil empor. „Hier müsste es eigentlich große Raubkatzen geben", vermutete Jasmin.

„Die wirst du aber kaum zu sehen bekommst", meinte Gerry, „sie sind ungemein scheu. Allerdings könnten dir hungrige Wölfe oder Wapitis, also Wildrudel über den Weg laufen. Im Frühjahr ziehen sie gewöhnlich hinauf nach Kanada und Alaska. Wenn der Wind günstig steht, wittern die Pferde sie schon von Weitem.

Jasmin hätte gern mehr darüber erfahren, aber plötzlich zügelte Mister Walker sein Pferd, seine Begleiter taten es ihm gleich. „Verdammt", meinte er, den Boden betrachtend. „Wo zum Teufel sind sie? Es sieht aus, als hätten sie sich in Luft aufgelöst. Es ist nichts mehr von ihnen zu sehen"

Auch die anderen betrachteten ratlos den steinigen Boden, der nur eins verriet, nämlich keine Spur von einer Rinderherde oder einem Lager. Außer spärlichem Gras, Fels und Geröll war nichts zu sehen.

„Es wird bald dunkel", meinte Mister Walker. „Es macht keinen Sinn, weiterzureiten. Morgen früh suchen wir die Gegend ab, eine Rinderherde kann ja nicht einfach so im Boden versinken."

Sie sattelten die Pferde ab und sammelten dürres Geäst für ein Feuer, um Kaffee zu kochen. Alle wussten, Wachsamkeit war geboten, denn die Herde konnte nun nicht mehr allzu weit entfernt sein.

Sie saßen am Feuer, wärmten sich daran und am starken Kaffee, den sie aus ihren Blechtassen schlürften und dazu Schinkenspeckbrote aßen. Es hätte fast idyllisch sein können, dachte Jasmin, wenn nur der Anlass dazu nicht so ernst gewesen wäre. Auch spürte sie ziemlich schmerzlich ihre Oberschenkel vom ungewohnten Ritt. Sie schaute in die stoppligen, rauen Gesichter der Boys, sie verrieten keine sichtlichen Gemütsbewegungen, keinem sah man die Sorge um die Herde oder um Nadja an, um den Indianer und seinem Hund sowieso nicht. „Eigentlich verwunderlich", dachte Jasmin und konnte nicht umhin, Mister Walkers überlegene Ruhe zu bewundern. „Ein starker Typ", dachte sie.

„Womöglich sitzen sie mit Frankie und Will vor der Hütte und lassen es sich gut gehen", meinte Aidem in ihre Gedanken hinein, also machten sich die Boys doch Gedanken um die beiden. Dann wieder beredtes Schweigen, kein Scherz fiel, kein Witz wurde gemacht, keine Anekdote erzählt, nur das Schlürfen des heißen Kaffees war zu hören.

„Holen wir unsere Decken, Boys", schlug Mister Walker nach einer Weile vor. „Schlafen wir eine Runde."

Er stand auf und schüttete seinen Kaffeesatz in die kleine Flamme, so dass sie zischend bis auf ein zartes Glimmen zusammenfiel. „Maik, du übernimmst die erste Wache", meinte er. „Nach zwei Stunden löse ich dich ab, danach übernimmst du, Aidem. Gute Nacht zusammen."

Sie holten ihre Schlafdecken von den Pferden, breiteten sie auf den harten Boden aus und legten sich so gut es ging für einen kurzen Schlummer darauf zurecht. Jasmin legte sich neben Gerry, der schob seinen Arm unter ihren Nacken und drückte sie an sich. Sie sah Maiks langen, dünnen Schatten vorbeigleiten, er verursachte nicht das geringste Geräusch. Das spärliche Licht der Mondsichel lag geisterhaft über der Landschaft, hin und wieder waren Geräusche wie von schleichenden Jägern zu hören. „Sind wir nicht alle immerzu auf der Jagd?", fragte sich Jasmin, „die Menschen, wie die Tiere? Alle jagen unentwegt nach etwas oder jemanden." Sie lauschte in die Stille hinein, nur die Schlafgeräusche der Männer und das gelegentliche Schnauben der Pferde war zu hören. Maiks langer Schatten glitt dann und wann lautlos vorbei. Das beruhigte sie und ließ sie schließlich einschlafen.

Nicht weit entfernt saßen auf dem Plateau einer schroffen Felsformation zwei Männer und schauten zu dem verglimmenden Lagerfeuer hinüber. Unter ihnen, in der etwa fünfzehn Meter breiten und fünfzig Meter langen Schlucht, war ein leises Muhen, Scharren und Schnauben zu hören, Rinderleiber standen dicht an dicht. Sie verschwanden gänzlich im Dunkel der Schlucht.

Der heraufdämmernde Morgen war frostig, aber trocken. Als Aidem sie weckte, hatte er bereits ein Feuerchen angefacht und Kaffee gekocht. Noch in ihren Decken gehüllt schlürften sie ihn dankbar und genüsslich.

„In östlicher Richtung gibt es meines Wissens meilenweit kein Wasser", überlegte Mister Walker laut, „also werden die Viehdiebe die Herde Richtung Berge getrieben haben. Machen wir uns also auf den Weg dahin!"

Sie löschten das Feuer, rollten ihre Decken zusammen, packten sie hinter die Sättel und verstauten das Geschirr in den Satteltaschen. Dann saßen sie auf und trieben die Pferde zu einem schnellen Galopp an. Alle wusste, heute musste die Herde gefunden werden, unbedingt.

Nach einigen Stunden, die Sonne hatte fast ihren höchsten Stand erreicht, kamen sie an einen dunklen See, in dem sich die umliegenden Hügel und die Wolken widerspiegelten. Durch den angrenzenden Wald aber ging eine breite Schneise der Verwüstung, die Bäume darin waren derart niedergemäht, als wäre ein Riese mit einer großen Sense hindurchgegangen.

„Ein Hurrikan", meinte Gerry. „Im letzten Jahr hat es in dieser Region einige davon gegeben."

Sie saßen für eine kurze Rast ab. Jasmin half dürre Zweige für ein Feuerchen zusammenzutragen, als sie plötzlich aus dem Geäst eines entwurzelten Baumes die dunklen Augenhöhlen eines Totenkopfes anstarrten. Sie schrie erschrocken auf, die Männer kamen und sahen gleichfalls den Totenkopf, auf dem groteskerweise ein noch recht gut erhaltener Cowboyhut saß. Vom Rest des Gerippes war nichts zu sehen.

„Nun, ja", meinte Maik und schob seinen Hut in den Nacken, „wenn ich mich nicht irre, stehen wir auf einem Friedhof."

„Einem Friedhof?", stotterte Jasmin und ein kalter Schauer lief ihr über den Rücken. Denn nun sahen es alle, die zwischen geborstenen Stämmen und dem Astgewirr liegenden Schädel und Gebeine, da und dort ragte ein Grabstein oder die Trümmer eines Sarges hervor. „Gütiger Himmel", flüsterte Jasmin. „Das ist ja grausig. So viele Skelette. Wieso liegen sie so zerrissen und verstreut herum?"

Mister Walker erinnerte sich an einige schwere Hurrikans, die voriges Jahr in diesem Landstrich gewütet hatten, die verheerenden Regenfälle mussten den Boden um den See durchweicht und die Gräber freigespült haben. Er zog seinen Hut vom Kopf, die anderen taten es ihm gleich, und meinte: „Wie man sieht, war keiner mehr da, der die freigespülten Toten hätte wieder bestatten können."

Sie gedachten einen Moment lang der Toten, deren Ruhe so drastisch gestört worden war, dann stülpten sie wieder ihre Hüte über die Köpfe, bogen die Krempen zurecht und stiegen über das Geäst hinweg zurück zu den Pferden. „Hier können wir im Augenblick nichts tun", meinte Mister Walker. „Wenn wir zu Hause sind, werde ich es umgehend im Saliner Rathaus melden. Packen wir unseren Kram zusammen und suchen uns einen gemütlicheren Rastplatz."

Der Appetit war ihnen ohnehin vergangen, sie tranken einen Schluck aus ihren Thermosflaschen, saßen auf und ritten weiter.

Die hohen, bewaldeten Berge, die in der Ferne auftauchten, seien Ausläufer der Rocky Mountains, erklärte Gerry, und die endlose Grasfläche zur Rechten, aus denen bizarre Felsformationen wie mahnende Finger aufragen, sei die Prärie, durch die einstmals unvorstellbar große Büffelherden zogen und die Jagdgründe der Indianer gewesen seien. Jetzt aber fegte über diese unendliche Leere nur ein rauer Wind, ein Adler zog am blassblauen Himmel lautlos und majestätisch seine Kreise. Nichts war zu sehen, natürlich auch nichts von der Herde oder von Lakota und Nadja.

Die Sonne stand schon tief, als Mister Walker sein Pferd anhielt und sich umsah. „Wenn wir die Richtung beibehalten" meinte er, „kommen wir ins Felsengebirge. Dort könnte man eine Herde vorübergehend durchaus verstecken."

„Aber das wäre doch Wahnsinn, Dad", wandte Gerry ein. „Dort kann man die Tiere weder verkaufen, noch gibt es Weiden, um sie zu ernähren. Außer Schluchten, Wälder und Berge gibt es dort nichts."

„Mag sein, Gerry", gab ihm Mister Walker recht. „Aber wer sich in den Bergen auskennt, der kennt so manchen Schleichweg und so manche Tricks, nur eins können Diebe

62

mit Sicherheit nicht, eine Herde in Luft auflösen. Reiten wir in das Reservat, vielleicht können uns die Indianer helfen oder Tipps geben, wo man die Herde finden könnte. Man muss es versuchen."

„Aber dann hätte sie Lakota doch längst gefunden, Dad", gab Gerry zu bedenken. „Vergiss nicht, er ist einer der ihren."

Vorerst aber richteten sie sich am Ufer eines kleinen Bachs für die Nacht ein. Hinter einem Felsen häuften sie etwas dürres Geäst für ein Feuerchen auf, um Kaffee zu kochen, ein kleiner Luxus, auf den man auch in der Wildnis ungern verzichten wollte. Jasmin bemerkte, während sie mit den Männern am Feuer saß und eine dicke Speckstulle aß, dazu Kaffee trank, dass die allgemeine Stimmung ziemlich getrübt war. Kein Wunder, die Herde war auch am zweiten Tag nicht gefunden worden, im Gegenteil, man hatte ihre Spur gänzlich verloren, das musste enttäuschen. Allen war klar, Morgen würden sie unverrichteter Dinge umkehren müssen, wenn nicht doch noch etwas Unerwartetes geschah. Auch Gerry machte ein bedrücktes Gesicht, Jasmin, die neben ihm saß, drückte ihm mitfühlend die Hand. Nachdem sie ihre Becher ausgetrunken hatten, fragte sie: „Ich bin ein wenig steif, Gerry. Gehen wir ein paar Schritte?"

„Gern", meinte Gerry und stand auf. „Gehen wir noch ein paar Schritte."

„Aber entfernt euch nicht zu weit", mahnte Mister Walker. „Du wirst die erste Wache übernehmen, Gerry. Ich werde dich rechtzeitig ablösen, damit du noch eine Haube Schlaf abbekommst."

Gerry legte seinen Arm um Jasmins Schulter, sie schlenderten nebeneinander ein Stück neben dem Bach her. Bei einem Felsen blieben sie stehen, lehnten sich an ihn und schauten zum unruhigen Schein des Lagerfeuers zurück, an dem die Silhouetten der sitzenden Männer zu sehen und ihre verhaltenen Stimmen zu hören waren. An der aufgehenden Mondsichel zogen dunkle Wolkenfetzen vorbei.

„Es tut mir leid, Jessy", flüsterte Gerry. „Ich wollte mit dir eine schöne Zeit verbringen und nun das, das hätte ich dir gern erspart. Was musst du nur für einen Eindruck von dem Land bekommen, in dem wir einmal zusammen leben wollen. Falls du es überhaupt noch willst, Jessy?" Gerry schaute forschend in ihr Gesicht, aber es war zu finster, um die Reaktion seiner Worte darauf zu sehen.

„Tut mir auch leid, Gerry", hörte er sie flüstern, „das mit eurer Herde, aber über die Zukunft zu reden wäre jetzt nicht der richtige Moment. Du weißt doch, ich habe gerade mein Studium begonnen, selbst wenn alles gut geht, wird es noch Jahre dauern, bis ich damit fertig bin. Außerdem, Gerry, fürchte ich, zur Rancherin eigne ich mich nicht wirklich. Aber das hat mit der Sache hier gar nichts zu tun."

„Schon klar, Jessy, ich will ja auch kein Rancher sein, das brauche ich auch nicht, Frankie wird die Ranch einmal übernehmen. Es weiß noch keiner, aber ich will mich in Kansas City, in der Polizeiakademie als Hundeführer ausbilden lassen. Die Bewerbung dafür habe ich schon abgeschickt, jetzt warte ich nur noch die Antwort ab. Eigentlich wollte ich es dir erst erzählen, wenn ich angenommen bin, aber egal, nun weißt du es jetzt schon. Drück mir die Daumen, Jessy, dass es klappt, dann könnten wir in Kansas leben oder anderswo, wo immer du willst."

„Das freut mich für dich, Gerry", flüsterte Jasmin. „Ich drück' dir die Daumen, dass es klappt. Dein Vater, weißt du, er ist so stark, er wird nicht eher ruhen, als bis er seine Herde wieder hat. Meinst du, wir haben noch eine Chance, sie zu finden? Morgen vielleicht?"

„Ja, Jessy, das haben wir. Aber was auch sein wird, du sollst wissen, ich liebe dich. Ich werde auf dich warten, denn einmal wirst du kommen und wir werden ein schönes Leben zusammen haben."

„Ja, Gerry, das werden wir. Komm, gehen wir zurück, ich bin doch sehr müde. Ute ist ein wundervolles Pferd, aber das tagelange Reiten bin ich einfach nicht gewohnt."

„Ich weiß, Jessy, du bist sehr tapfer. Ich werde gut über dich wachen."

Sie gingen zurück. Die Männer schliefen in ihren Decken gehüllt, mancher den Kopf auf seinen Sattel, neben der immer noch wärmenden Feuerstelle den Schlaf der Gerechten. Jasmin und Gerry holten gleichfalls von den Pferden ihre Decken und suchten sich auf dem harten Boden ein relativ weiches Schlafplätzchen. Jasmin wickelte sich in ihre Decke, Gerry schob die seine unter ihren Kopf. „Schlaf schön, Darling", flüsterte er ihr ins Ohr, „und träum' was Schönes. Träum bitte von mir."

„Mach ich, Gerry. Gute Nacht", kam es müde zurück.

Jasmin lauschte noch ein Weilchen auf das leise Plätschern und Glucksen des Baches, das vom Schnarchen der Männer gelegentlich übertönt wurde, ein Pferd schnaubte leise und Gerry hielt Wacht. „Ach Gerry", dacht sie, „ich mag dich so sehr, ja, ich liebe dich." Aber war da nicht ein leiser Zweifel in ihr, ein Zweifel, ob ihre Liebe so ausschließlich war, dass sie für ein langes, gemeinsames Leben reichen würde? Aber ein Leben ohne Gerry war auch undenkbar. Ach, die Zeit wird es schon bringen, erst einmal muss die Herde gefunden werden.

Dann schlief sie ein, tief, traumlos und geborgen, denn Gerry wachte über sie.

Als sie aufwachte, begann der neue Tag zu grauen. Die Boys waren dabei, die Feuerstelle von gestern neu anzufachen und Kaffee zu kochen. Jasmin rappelte sich hoch. „Guten Morgen", murmelte sie verschlafen.

„Morning", kam es freundlich zurück.

„Hab ich noch Zeit, um mich im Bach ein wenig frisch zu machen?", fragte sie.

„Nur zu, es dauert hier noch einen Moment", hieß es.

Sie suchte eine versteckte Stelle hinter Büschen, zog sich aus und erfrischte sich tüchtig mit dem kalten, klaren Bachwasser. Nach einigen Minuten tauchte sie angezogen und mit feuchtem, offenem Haar wieder auf und setzte sich zu den Männern ans Feuer. Gerry reichte ihr einen Becher Kaffee und ein dick mit Schinkenspeck belegtes Sandwiches. Er lächelte ihr dabei zu, aber seine Augen blieben ernst. Auch Maik und Aidem, sonst immer zum Scherzen aufgelegt, blieben ungewöhnlich ruhig. Klar, wenn heute die Herde nicht gefunden werden sollte, was wohl keiner mehr so recht glauben konnte, dann würde man sie wohl oder übel für verloren geben müssen.

„Glaubst du nicht auch, Dad", meinte Gerry besorgt, „wir sollten umkehren und dort noch mal suchen, wo wir die Spur der Herde verloren haben? Alles andere ist doch Zeitverschwendung."

„Vorausgesetzt", meinte Mister Walker ruhig, „die Viehdiebe hätten die Herde Richtung Osten getrieben, dann hätten sie wegen der Bahnlinie einen viel zu riskanten und zu weiten Umweg über Grand Island nehmen müssen. Es bleibt dabei, wir werden den Komantschen einen Besuch abstatten. Dann werden wir ja sehen."

Gerry zuckte resigniert die Schultern und trat mit den anderen das Feuer aus. Nachdem sie ohne viel Worte ihre zusammengerollten Decken auf die Pferde geschnallt und die Becher und den Topf in die Satteltaschen verstaut hatten, saßen sie auf. Die kalte, tiefstehende Sonne im Rücken und einen rauen Wind im Gesicht folgten sie Mister Walker in Richtung Felsengebirge.

Jasmin stellte den Kragen ihrer Joppe hoch, zog ihren Reißverschluss bis zum Kinn hoch und hielt die Zügel fest in ihren, in daunengefütterten Handschuhe steckenden Händen, so ließ sich der kalte Gegenwind ertragen. Die neue Jeans hatte sich inzwischen gut angepasst und saß bequem.

Mister Walker gab ein gutes Tempo vor, er hatte es eilig.

Sie mögen ungefähr zwei Stunden geritten sein, als sie die weite Steppenlandschaft hinter sich ließen, die Hügel wurden höher und die Felsformationen ragten steiler und bizarrer auf. Sie ritten durch Nadelwälder, deren Bäume, wie es schien, bis zum Himmel aufragten.

Plötzlich standen sie vor einem steil abfallenden Canyon, tief unten floss ein klarer Gebirgsbach, sein steiniger Grund war deutlich zu sehen.

„Um ins Reservat zu kommen", meinte Mister Walker, „müssen wir hinüber. Suchen wir uns also einen Abstieg."

„Während die Viehdiebe unsere Tiere auf einem Viehmarkt verkaufen", meinte Gerry bitter. „Wir verlieren nur kostbare Zeit, Dad, lass uns lieber umkehren."

Er kannte den Starrkopf seines Vaters, hatte er einmal einen Plan gefasst, dann war er gewöhnlich nicht mehr davon abzubringen.

„Nein, Gerry", antwortete er auch erwartungsgemäß „Nicht ehe wir bei den Komantschen waren. Vielleicht erfahren wir von ihnen etwas über die Viehdiebe und ob sie etwas mit ihnen zu tun haben. Lakota ist letztlich einer von ihnen, nicht wahr?"

„Ach so, darum geht es dir also, Dad", meinte Gerry leicht ironisch „Ich dachte, es geht dir um die Herde."

„Ja, Gerry, es geht um die Herde, aber vergiss nicht, unser Brandzeichen ist auf den Märkten bekannt, die Banditen müssten sie entfernen, das ist aufwendig, kostet viel Zeit und hinterlässt immer Spuren, wie du weißt. Ich muss einfach wissen, ob ich Lakota noch vertrauen kann und ob Nadja bei ihm ist."

„Dann bist du dir also bei Lakota doch nicht mehr so sicher, Dad?" Gerrys Stimme klang verwundert, aber sein Vater achtete nicht darauf und war schon weitergeritten. „Also suchen wir einen Abstieg und reiten zu den Komantschen", meinte Gerry lakonisch.

Auch Maik und Aidem machten keine begeisterten Gesichter, die ihnen anvertraute Herde lag ihnen ohne Frage mehr am Herzen, als irgendwelche Indianer. Bei Lakota war es etwas anderes, sie schätzten seinen Instinkt, seine Geschicklichkeit, seine Zuverlässigkeit und Gelassenheit, vor allem schätzen sie ihn als Freund. Wenn Nadja bei ihm war, davon ging man aus, war sie bei ihm in guter Hut. Dass er mit den Viehdieben unter einer Decke stecken könnte, fanden sie absurd. Er wird bald auftauchen und die Sache aufklären, davon waren sie felsenfest überzeugt.

Schweigend ritten sie am Rande der Schlucht entlang, an deren steil abfallenden, felsigen Hängen sich halbhohe, verwachsene Kieferbäumchen und Dornengesträuch mit ihren Wurzeln festklammerten.

Jasmin war wohl die einzige, die den Ritt durch die Wildnis genoss, gegen einen Abstecher zu einem Komantschen-Reservat hatte sie absolut nichts einzuwenden, im Gegenteil.

Plötzlich sahen sie vor sich eine Brücke auftauchen, sie überspannte an einer schmalen Stelle mit ihrer filigran wirkenden Holzkonstruktion den Canyon, ein kleines, architektonisches Meisterwerk, das sich harmonisch in die Landschaft einfügte, so als wäre die Natur selbst ihr Baumeister gewesen.

Bei der Brücke angelangt, sprang Mister Walker vom Pferd und prüfte ihre Umgebung. Er entdeckte unter einer dicken Schicht verrottetem Laub und Geröll einen verrosteten Schienenstrang, der von der Brücke wegführte.

„Eine stillgelegte Bahnlinie", meinte er. „Ich gehe zuerst allein rüber, denn sehr vertrauenserweckend sieht sie mir nicht gerade aus."

Seine Begleiter schauten zu, wie er die Brücke langsam, immer wieder stehenbleibend und das Geländer überprüfend, beschritt. Ungefähr in der Mitte blieb er stehen und bückte sich.

„Was ist los, Dad?", rief Gerry zu ihm hinüber.

„Morsch!", rief Mister Walker zurück. „Hier kommt keiner mehr rüber!"

„Wär auch zu schön gewesen", murmelte Gerry und beobachtete seinen Vater, wie er kurz, wie erwägend zum anderen Ende der Brücke hinüberschaute, es waren vielleicht noch sechs, höchstens acht Meter bis dahin, dann aber, behutsamen einen Schritt vor den anderen setzend, zurückkam.

„Reiten wir weiter", meinte er kurz angebunden, als er wieder festen Boden unter den Füßen hatte. „Irgendwie werden wir schon rüberkommen."

Sie ritten hintereinander, begleitet vom schwachen Rauschen des Baches und dem Schrei der Greifvögel, die über ihnen in der glasklaren Luft kreisten. Gerry lag es auf der Zunge, seinen Vater zu fragen, wie lange er noch suchen will, hier in dieser Einöde gab es kein Indianer-Reservat und ganz bestimmt keine Rinderherde, aber als er sein entschlossenes Gesicht sah, ersparte er sich die Frage.

Endlich blieb Mister Walker stehen, wandte sich zu seinen Begleitern um und meinte: „Hier könnte es gehen, es ist nicht sehr steil und nicht besonders tief. Was glaubt ihr, wagen wir hier den Abstieg?"

Man stieg von den Pferden und betrachtete den etwa zehn Meter abfallenden Hang, Krüppelkiefern, die sich an den Fels krallten, und dürres Dorngesträuch gaben ihm einige Festigkeit, so hofften sie jedenfalls."

Gerry schaute Jasmin an, sie nickte und meinte. „Warum nicht? Runter kommt man immer. Ich allerdings ohne Pferd, wenn es recht ist."

Sie stiegen ab und nahmen die Zügel ihrer Pferde fest in die Hände, Mister Walker band Jasmins Stute Ute an den Sattel seines Pferdes, nahm dessen Zügel fest in die Faust und machte die Vorhut. Schritt für Schritt tastete er sich mit den Pferden schräg abwärts, seine Leute folgten ihm, erst Gerry mit seinem Leon, dann Jasmin, sich mit beiden Händen am Fels festhaltend, dann Maik und Aidem mit ihren Pferden.

Mister Walker drehte sich immer mal kontrollierend nach ihnen um. „Er riskierte viel", dachte Jasmin. „Aber für was und warum, das begriff sie so wenig wie Gerry.

Plötzlich rutschte Mister Walker ab, er ließ die Zügel seines Pferdes impulsiv los und ab ging es auf dem Hosenboden, bis er ein dorniges Geäst greifen und sich daran festklammern konnte. „Nichts passiert!", rief er zu den anderen hinauf. Er versuchte hochzuklettern, zu den Pferden, dabei löste er aber nur loses Gestein, das unter seinen Stiefeln, anderes Gestein mitnehmend, nach unten polterte. Schließlich blieb er mit hochrotem Kopf, wohl aus Zorn oder auch aus Scham über sein Missgeschick, sitzen. Gerry drückte Jasmin die Zügel seines Pferdes in die Hände und meinte ruhig: „Bleib, wo du bist, Jessy, ich bringe Ute und Dad's Pferd hinunter, dann komme ich zurück und hole dich und mein Pferd, verstanden?"

Jasmin nickte.

„Kann einer Dad hinunterhelfen?", rief er den Boys zu, dann arbeitete er sich, ohne eine Antwort abzuwarten, an Ute vorbei, zum Pferd seines Vaters, nahm dessen Zügel fest in die Faust und setzte mit ihnen den Abstieg gewohnt vorsichtig fort. Jasmin schaute ihm besorgt nach, bis er heil mit den Pferden unten ankam.

Als Gerry sah, dass auch Maik mit seinem Dad, seinen Arm um seine Schultern gelegt, nach unten unterwegs war und Aidem sich mit den Pferden nach unten tastete, kletterte er zu Jasmin hoch. Er lächelte ihr aufmunternd zu und meinte: „Es ist fast geschafft." Dann stieg er ihr mit seinem Pferd

Meter für Meter voran, bis auch sie wie die anderen glücklich die Talsohle erreicht hatten.

Mister Walkers schien verletzt zu sein, er winkelte den rechten Fuß etwas ab, um ihn zu schonen, wie es aussah. Bei den besorgten Blicken der anderen winkte er ab. „Halb so schlimm", meinte er. „verknackt oder sowas, reiten werde ich schon noch können. Zum Indianerdorf kann es nun nicht mehr sehr weit sein. Hilft mir einer auf mein Pferd?" Maik und Gerry hoben ihn auf sein Pferd, dann saßen auch die anderen auf und trabten hinter Mister Walker, auf dem breiten, steinigen Ufer her.

Nach einer Weile traten am rechten Bachufer die Felswände zurück und der urwüchsige Wald öffnete sich zu einer großen Lichtung. „Wunderschön", dachte Jasmin. „Aber hier leben bestimmt keine Menschen, höchstens Elche, Bären und Pumas."

Wie recht sie damit hatte, sollte sich sehr bald herausstellen.

Vorläufig galoppierte Maik an ihr und Gerry vorbei, zu Mister Walker. „Boss", rief er, „hier gibt es Hasen! Soll ich einen schießen? Unsere Vorräte gehen langsam zu Ende, wir brauchen was zu essen."

„Und wir brauchen Wasser, Maik", stimmte ihm Mister Walker zu. „Machen wir also eine kurze Rast."

Während Maik mit seinem Gewehr auf Jagd ging, besorgten die anderen dürres Gesträuch. Schon bald loderte ein Feuerchen am steinigen Bachufer. Aidem spitzte mit seinem Jagdmesser einen kräftigen Stecken an einem Ende zu, dann zog er sich die Stiefel und Socken aus und watete ins seichte, kalte Wasser, um zu fischen. Auch Mister Walker war von seinem Pferd geglitten und zog sich, auf dem groben Kiesboden hockend, die Stiefel und die Socken von den Füßen. Er krempelte seine Hosenbeine hoch und wollte, um seinen schmerzenden Knöchel zu kühlen, ins Wasser humpeln. Erst jetzt sah man die tiefen Schürfwunden auf seinen Waden.

„Na, da hat's dich vorhin doch ganz schön erwischt, Dad", stellte Gerry fest und half ihm ins Wasser.

„Wie gesagt, der Knöchel ist verknackst", murrte Mister Walker. „Das hat mir gerade noch gefehlt."

Jasmin aber meinte, nachdem Gerry seinem Vater aus dem Wasser geholfen und der sich auf einen Stein niedergelassen hatte: „Wir sollten den Fuß schienen, Mister Walker, er ist ziemlich geschwollen. Dazu bräuchte ich einen stabilen Stecken, kannst du einen besorgen, Gerry? Und eine Binde zum Fixieren brauch ich auch."

Mister Walker protestierte: „Lass es gut sein, Mädel", meinte er abwehrend. „Alles halb so schlimm. Ich sitze ja meistens im Sattel."

Ausnahmsweise hörte keiner auf ihn.

„Tut's zur Not auch ein Gürtel?", fragte Gerry stattdessen

„Ne, Gerry." Schon zog Jasmin ihre Joppe aus, dann ihren warmen Pulli und ihr langärmeliges, wollenes Unterhemd über den Kopf.

„Was ist, Jungs", ermahnte sie die Boys, die große Augen machten. „bekomme ich heute noch den Stecken?"

Flugs machten sich die Boys auf die Suche nach einem stabilen Stecken. Mister Walker schaute missbilligend zu, wie Jasmin, nachdem sie wieder angezogen war, mit Zuhilfenahme von Aidems Messer und ihren Zähnen breite Streifen aus ihrem Unterhemd riss.

Als Gerry mit einem Stecken zurückkam, musste der noch etwas gekürzt werden, aber ansonsten war Jasmin mit ihm einverstanden. Nun zeigte sie, was sie in Neuseeland gelernt hatte, etwas, was man in keinem Krankenhaus oder Sanatorium lernt, nämlich sich mit den primitivsten Mitteln, die eben gerade verfügbar sind, zu helfen. Mister Walker gab seinen Protest auf, er musste sich fügen, die Kleine machte einen sehr energischen und kompetenten Eindruck.

„Glauben Sie mir, Mister Walker", meinte Jasmin zufrieden lächelnd, als der Fuß ordentlich geschient und stramm umwickelt war, „das wird ihnen möglicherweise eine Menge Unannehmlichkeiten ersparen. Zuhause allerdings sollten Sie umgehend einen Arzt aufsuchen", mahnte sie. „Bis dahin treten Sie möglichst nicht auf."

„Schon recht, Mädel", meinte Mister Walker murrend, „hab' ganz vergessen, dass du Sport-, was auch immer studierst. Sind alle German Girls wie du, ich meine, so energisch?"

„Selbstverständlich, Mister Walker."

Jasmin half mit, ihm die Strümpfe überzuziehen, was über den rechten, geschienten Fuß schwierig war, auf den Stiefel musste Mister Walker bei ihm verzichten. Gerry befestigte ihn an seinem Sattel.

Inzwischen duftete es nach Hasenbraten und Fisch, einer prächtigen Bachforelle, wie Aidem meinte, das machte Appetit. Alle versammelten sich um das Feuer und langten tüchtig zu. Als nur noch abgenagte Knochen und Gräten übrig waren, um die sich, wie Gerry meinte, die Wölfe und Geier kümmern werden, wurden die Wasserflaschen aufgefüllt und in die Satteltaschen verstaut. Mister Walker drängte zum Aufbruch, er ließ sich von Gerry und Aidem in den Sattel helfen.

Kurz darauf tauchte rechts, auf einer großen, vom Wald umgebenen Grasfläche das Dorf der Komantschen auf-- oder was davon noch übrig war. Es bot sich ihnen ein schauriges Bild der Verwüstung.

Das Dorf, das einmal hier stand, gab es nicht mehr, stattdessen ein Gewirr von Stangen und Leinenfetzen, dazwischen Tiegel, zerborstene Webrahmen, Fetzen von Teppichen, Fragmente von Gattern, Wassertrögen, Wagenräder und Planen, aber keine lebendige Seele, kein Pferd, kein Vieh, kein Mensch. Die hier lebten, sind geflohen, der Verwüstung nach vor einem Tornado.

„Bleibt hier", meinte Mister Walker zu seinen Begleitern. „Ich schaue mich erst einmal allein um. Haltet eure Gewehre bereit."

„Vielleicht sollte ich lieber, Dad?", schlug Gerry vor.

„Nein, aber entsichert für alle Fälle eure Waffen."

76

Während Mister Walker, die Hand auf seinem Revolvergriff, langsam durch die Trümmer ritt, hörte Jasmin das Klicken der Waffen, die die Boys entsicherten. Ihre Nerven waren angespannt, aber Angst verspürte sie nicht.

Mister Walker kam zurück. „Niemand zu sehen!", meinte er.

„Was denkst du, Dad?", fragte Gerry beklommen. „War es das Dorf der Komantschen? War es Lakotas Dorf?"

„Ich fürchte, ja, Junge", antwortete Mister Walker ernst. „Ja, es war das Dorf seiner Familie und seiner Angehörigen. Das Dorf, in dem er aufwuchs."

Nun durchritten alle langsam und erschüttert das zerstörte Dorf. „Die Wigwams hier sind aus imprägniertem Leinen" bemerkte Mister Walker, „Sie sind längst nicht so stabil, wie die früheren aus unverwüstlichem Büffelleder. Aber ich fürchte, die hätten einem Tornado auch nicht standgehalten. Was er nicht weggefegt hat, das haben sich Plünderer oder Grizzlys und Wölfe geholt. Wo mögen sie hingegangen sein und eine Zuflucht gefunden haben?"

„Falls sie rechtzeitig abgehauen sind", gab Aidem zu bedenken.

„Davon gehe ich aus", erwiderte Mister Walker. „Oder seht ihr hier irgendwo Leichen? Indianer lassen sich nicht von einem Hurrikan überraschen, dazu haben sie einen viel zu sicheren Instinkt." Das klang beinahe bewundernd, fand Jasmin.

„Lasst uns umkehren", meinte Mister Walker und lenkte sein Pferd Richtung Bach. „Hier gibt es nichts mehr zu tun. Wir gehen durch den Bach und suchen uns drüben einen Weg zurück. Bis zum Mittag könnten wir die Berge hinter uns gelassen haben! Wer weiß, vielleicht finden wir unsere Herde doch noch!"

Darauf hatten alle gewartet, ohne abzusitzen machten sie sich auf den Rückweg.

Frühes Leid hinterlässt Narben in den Seelen,
sie bestimmen und lenken
alles spätere Fühlen, Handeln und Denken.

Ethele und Justus

Lakota heißt in der Stammessprache der Komantschen „Fels", einer, der einen Stamm Halt und Schutz geben kann.

Lakota war seit seiner frühen Jugend an ein „Fels". Schon mit acht Jahren ging er mit Pfeil und Bogen auf die Jagd und kam stets mit einem Hasen über der Schulter oder mit auf einem Stecken aufgereihter Fische zurück. Er war die Hoffnung seiner Mutter, „Sanftes Mondlicht", und seiner Großmutter, „Weise Eule", die die Dorfälteste und Klügste im Dorf war.

„Weise Eule" genoss bei den Stammesangehörigen ein hohes Ansehen, der Ältestenrat bat sie bei wichtigen Entscheidungen gern in seine Reihen, um sie anzuhören. Ihr Urteil bei Streitigkeiten war klug und gerecht, bei allen anerkannt und akzeptiert. Sie stand denen bei, die verzagten oder gefehlt hatten, konnte Träume deuten und in die Zukunft sehen. Auch kannte sie sich in der Kräuterheilkunde gut aus und wurde, wenn die Räucherstäbe und Beschwörungen des Medizinmannes nicht mehr halfen, an die Krankenlager gerufen. Ihre Kräutertees, heißen Umschläge und Dampfbäder halfen beinahe immer. Den Kindern wusste sie spannende Geschichten zu erzählen, von früher, als der Stamm groß war und die Männer stolze Jäger waren. Sie waren mit den

Büffeln durch die Prärie gezogen, vom Missouri bis hinauf nach Montana. Aus jedem ihrer Worte sprach die Trauer um eine unwiederbringlich vergangene Zeit und die Sehnsucht danach. Die Kinder und Jugendlichen, die ihr aufmerksam und andächtig zuhörten, wollten so werden wie sie, ihre Vorväter, die frei und stolz und stark waren wie die Adler in den Lüften.

Wenn ihre Väter nach Hause kamen, sie kamen meist in den verschneiten Wintermonaten, wenn es in den weit entfernten Fabriken und Farmen wenig zu tun gab, dann kam auch Lakotas Vater, „Schneller Pfeil", ins Dorf. Er war der Sohn von „Weise Eule" und das Oberhaupt des Dorfes, der Häuptling. Auf seinem Wigwam, der größte und schönste im Dorf, wehte die Fahne mit den Stammesfarben der Komantschen, orange, rotbraune und grasgrüne Schrägstreifen.

Zu Ehren der Väter wurde dann ein Fest ausgerichtet, die Jungen bemalten ihre Gesichter und Körper mit den Stammesfarben, tanzten zu den Trommeln der Großen die traditionellen Tänze um ein Freudenfeuer und sangen dazu die monotonen, sehnsüchtigen Gesänge, die sie vorher besonders eingeübt hatten. Ihre Väter schauten ihnen dabei stolz und gerührt zu. Die Burschen hatten Wildenten, Gänse und Bachforellen erlegt und ins Dorf gebracht, welche von den Mädchen und Frauen zubereitet wurden. Zudem wurden ein Schaf und Hühner geschlachtet, die man neben Pferden und Rindern rund um das Dorf in großzügig angelegten Gattern hielt. Die Frauen und Mädchen bereiteten Maisfladen und Käse zu und schmückten sich mit den bunten Federn der Wildgänse.

Am Abend dann saß man um das verglimmende, noch wärmende Feuer und die Männer erzählten von einer längst vergangenen Zeit. Die Kinder und Jugendlichen lauschten den Geschichten der Älteren gebannt, die vom Kampf um die Jagdgründe handelten, durch die weiße Männer eiserne Schienen legten. Sie sprengten in die Berge große Löcher, erzählten sie, die mächtigen Detonationen und Druckwellen hatten die Natur erzittern lassen und Mensch und Tier in Angst versetzt. Später zogen dampfende, schnaubende Eisendrachen, viele eiserne Wagen hinter sich herziehend, hindurch und durch die Prärie.

„Und Tirawa?", fragten die Jungen mit staunenden Augen und offenen Ohren. „Hat er es erlaubt und sie nicht dafür bestraft?"

„Tirawas Wege sind unergründlich und nicht immer zu verstehen". entgegneten die Väter. „Der weiße Mann schlachtete mit seinen Feuerwaffen abertausende Büffel dahin, mehr als er essen konnte und ohne ihre Häute und Hörner zu nutzen. Viele Büffel verrotteten nutzlos in der Sonne und wurden den Wölfen und Bären zum Fraße."

„Und Tirawa? Hat er sie nicht dafür bestraft?", fragten die Kinder und Jugendlichen noch einmal. „Und ihr, habt ihr es nicht verhindert?"

„Unsere Stämme haben sich im Kampf gegen die Weißen zusammengetan, sie haben lange und tapfer gekämpft, aber der weiße Mann hatte Feuerwaffen und ein berauschendes Getränk, dem waren unsere Urväter nicht gewachsen. Viele Krieger starben im Kampf, viele unterwarfen sich, weil sie das Feuerwasser betäubt und feige gemacht hatte. Die Weißen und ihre Götter waren hinterhältig und heimtückisch."

„Aber Tirawa und alle Naturgeister, waren sie nicht stärker als sie?", wunderten sich die Kinder und Jugendlichen.

„So mag es aussehen", meinten die Männer und die Alten gaben ihnen recht. „Die Götter der Weißen sind nicht unsere Götter. Unsere Götter sind weise und gerecht und wohnen in der Sonne, im Mond und den Sternen, sie sind im Wind, im Wasser, in den Tieren und den Pflanzen, sie sind überall. Die Weißen missachten die Naturgötter, sie verehren Götter und Männer, die raubend und mordend in unser Land kamen und es mit Schwert und Feuer unterjochten, statt in Frieden mit uns zu leben. Wir hätten sie wie Brüder aufgenommen, hätten mit ihnen die Friedenspfeife geraucht und unser Land mit ihnen geteilt, aber der weiße Mann wollte mehr. Tirawa bestrafte sie dafür furchtbar, mit ihren eigenen Höllenwaffen. Sie haben sich im Bruderkrieg gegenseitig abgeschlachtet und tun es immer noch."

„Aber sie sind immer noch da", meinten die Kinder und Jugendlichen. „Sie wohnen in großen Steinhäusern, ihre Dörfer sind riesengroß!"

„Sie haben einander im Bruderkrieg grausam niedergemetzelt", meinte ein greiser Indianer mit brüchiger Stimme. „Mein Großvater war dabei, denn es ging um eine gute Sache, die Nordstaaten kämpften gegen die elende Sklaverei der Südstaaten. Nicht alle Weißen sind Teufel, muss man wissen, viele von ihnen kamen über das Meer und suchten eine neue Heimat, andere kamen als Gefangene und mussten lange Jahre den Schienenstrang verlegen, auf dem später die eisernen Dampfrosse fuhren. Zum Lohn dafür bekamen sie ein Stück Land zugewiesen, Indianerland, worauf sie Weizen anbauen und Rinder züchten konnten, ihre Nachkommen tun es immer noch. Unsere Vorfahren wollten sie vertreiben, aber Soldaten schützten die Siedler und das Land, wofür sie lange hart gearbeitet hatten. Sie betrachteten das Land unserer Ahnen als das Ihrige. Sie machten sich darauf sesshaft, weil ihnen keine andere Wahl blieb.

„Sie haben es gestohlen!" beschwerten sich die Jugendlichen entrüstet. „Wir werden, wenn wir groß sind, sie und ihre eisernen Rösser, auf die sie so stolz sind, vernichten, so wie sie uns vernichtet haben."

„Du wirst lernen so stark zu sein wie sie", entgegnete einer der Väter besänftigend. „Ihr werdet ihre Schulen besuchen, werdet ihre Schrift und ihre Wissenschaften lernen und verstehen. Eines Tages werdet ihr klüger sein als sie, dann werdet ihr sie beherrschen. Unsere Götter und die Geister unserer Ahnen werden euch dabei helfen."

„So ist es", bestätigte es „Weise Eule", Lakotas Großmutter und Dorfälteste. „Ihr seid Komantschen und denkt mit dem Herzen. Die Weißen aber sehen und fühlen mit dem Kopf und das wird eines Tages ihr Verhängnis sein. Sie selbst werden sich vernichten."

Es klang wie eine Weissagung. Der junge Lakota bewahrte sie fest in seinem Herzen.

Er war dreizehn Jahre alt, als er in das Zelt von „Weise Eule", gebeten wurde. Lakota betrat das Zelt der Großmutter zaudernd, sie hatte ihm von jeher großen Respekt eingeflößt.

„Weise Eule" nickte ihm freundlich zu und meinte, indem sie neben sich auf die schön gewebte Decke wies: „Setz dich zu mir, Lakota, ich habe mit dir zu reden."

„Weiße Eule" war sehr alt, ihr Gesicht und ihre Hände waren fleckig und runzelig, ihr Haupthaar dünn und schlohweiß, wie frischgefallener Schnee, ihre Gestalt war hager, jedoch wenig gekrümmt, und ihre Augen waren scharf wie eh und je. Aber jetzt schaute sie mild auf den Jungen herab, der sich neben sie gesetzt hatte und ehrfürchtig zu ihr aufblickte.

„Lakota", meinte sie ernst, „nun bist du groß und weißt alles, was ein Indianer wissen muss. Du bist klug, wissbegierig und geschickt, es wird Zeit, dass du die Schulen der Weißen besuchst."

Lakota erschrak, wagte aber nicht, der Großmutter zu widersprechen.

„Abdolo und Ethele, deine Schwester, werden dich nach Denver begleiten, dort gibt es eine sehr gute Schule. Für das Schulgeld, die Bücher und für eure Unterkunft ist gesorgt. Ihr werdet in der Schule leben, so wie alle Schüler, die von weither kommen."

Lakota schluckte, er versuchte die Tränen zurückzuhalten, die ihm heiß in die Augen steigen wollten. „Ja, Großmutter", murmelte er.

„In einer Woche geht ihr los, ihr habt also genug Zeit, eure Sachen zu packen und euch zu verabschieden. Bis Trinidad ist es ein tüchtiger Fußmarsch, von dort geht eine Eisenbahn nach Denver. In Denver kann euch jedermann sagen, wo ihr die „Abraham-Lincoln-Schule" finden könnt. Dort werdet ihr erwartet und alles weitere erfahren."

Lakota schaute seine Großmutter unverwandt an, dann sagte er: „Ja, Großmutter."

„Drei Jahre werdet ihr die Schule besuchen", fuhr „Weise Eule" fort, „solange wird das Grundstudium dauern. Vielleicht wirst du dann weiter studieren, Lakota, unser Stamm setzt große Hoffnung in dich und bringt große Opfer für dein Studium. Du bist der Älteste und Klügste, Lakota, und wirst deine Schwester Ethele und Abdolo beschützen."

Sie schaute auf den dunklen Scheitel ihres Enkels herab, dessen Kopf auf seine Brust gesunken war. „Ja, Großmutter", hörte sie ihn murmeln und das Herz tat ihr weh.

„In den Wintermonaten gibt es keinen Unterricht", meinte sie aufmunternd, so dass Lakota wieder zu ihr aufblickte. „Die Wintermonate verbringt ihr hier im Dorf. Sei dir bewusst, Lakota, du wirst ein Botschafter unseres Dorfes und aller Komantschen sein und uns Ehre machen, denn du bist Lakota, der Fels. Nun geh und schicke deine Schwester Ethele und Abdolo zu mir. Sie sollen es nun auch erfahren."

„Ja", Großmutter", sagte Lakota und ging.

Sein Herz war schwer wie ein Stein. Nachdem er Ethele, dann Abdolo gesagt hatte, dass „Weise Eule" nach ihnen verlangte, lief er zum Bach hin, zu der versteckten, kleinen Sandbank, seinem Lieblingsplatz. Er hockte sich in den feuchten, kalten Sand und ließ seinen Tränen, die er bisher tapfer zurückgehalten hatte, freien Lauf.

„Ja, Großmutter", schluchzte er in das Murmeln des Baches hinein. „ich werde gehen, weil du es willst. Aber warum schickst du mich weg? Bin ich hier nicht genauso zu Hause wie du und alle anderen im Dorf. Brauchst du mich nicht mehr, braucht mich hier keiner mehr?"

Ja, er wird gehen und seinem Stamm Ehre machen. Er wird lernen und sich einfinden in die Welt der Weißen, die er so sehr verabscheute und zugleich fürchtete.

Im Osten kündigte ein heller Schein am Horizont den neuen Tag an, als sie sich an einem Märzmorgen auf den Weg machten. Lakota war noch einmal bei der Großmutter gewesen, sie hatte ihm einen Beutel um den Hals gelegt, etwas Geld für die Reise, hatte sie gesagt, ihn gesegnet und ermahnt, gut auf seine jüngeren Begleiter aufzupassen. Die Mutter, „Sanftes Mondlicht", hatte ihn, die Schwester und Abdolo umarmt, was dann auch Abdolos Mutter, „Flinkes Wiesel" tat, dann waren sie mit ihren Lederbeuteln auf den Rücken, in denen sich ihre Habseligkeiten befanden, losmarschiert.

Warum Großmutter ausgerechnet Ethele wegschickte, dass konnte sich Lakota nicht recht erklären. Sie war ruhig und niedlich und fiel unter den anderen Mädchen im Dorf in keinster Weise auf. Sie beschäftigte sich wie die anderen mit dem Spinnen von Schafswolle, dem Weben von Stoffen, dem Besticken von Kleidern und dem Zubereiten von Speisen, so wie es Mädchen eben geziemte. Allerdings waren ihre Stirnbänder, Gürtel und Mokassins kunstvoller bestickt und ihre Stoffe feiner, mit schöneren Mustern gewebt als die der anderen. Die Frauen im Dorf waren voll des Lobes für sie.

Lakota stellte fest, dass seine Schwester schön war, sie hatte feine Gesichtszüge mit sanften, dunklen, keineswegs scheuen Augen, über die sich dunkle, schöne Brauen wölbten. Ihr nachtdunkles Haar fiel auf ihre schmalen Schultern und um den Kopf und der klaren Stirn trug sie ein von ihr angefertigtes Stirnband, es hatte ihre Lieblingsfarben, sonnengelb und lila. Nicht viele Frauen und Mädchen im Dorf durften diese Farben zum Weben und Besticken benutzen, denn sie konnten nur unter großem Aufwand gewonnen werden.

Ethele, obwohl zart und nicht sehr groß, hielt mit ihren zwei Gefährten gut Schritt.

Abdolo, so alt wie sie, war ein Bruder, so wie alle im Dorf Brüder und Schwestern waren. Er hatte sich nie durch besondere Geschicklichkeit mit Pfeil und Bogen oder beim Ringen hervorgetan, höchstens dadurch, dass er besonnener war, nicht so ungestüm wie die anderen Jungen seines Alters, was in Lakotas Augen nicht unbedingt lobenswert war. Aber er musste sich eingestehen, dass ihm Abdolos ruhige, sogar überlegene Art oft Respekt abverlangt hatte, was er ihm natürlich nie zeigte. Denn bei den Komantschen galt allein der Jagderfolg, der Mut, zum Beispiel hoch in den Wipfeln der Baumriesen Honigwaben aus den Bienennestern zu heben oder wilde Mustangs zu bändigen und zu zähmen. Abdolos Sache war das nicht, er untersuchte lieber Insekten und Pflanzen, betrachtete sie durch Glasscherben, sammelte und trocknete sie in der Sonne, dafür aber kassierte man höchstens ein mitleidiges Lächeln, vor allem bei den Altersgenossen, die ihn reichlich seltsam fanden. Er war schmächtig, nicht sehr groß, sein blauschwarzes, schulterlanges Haar war am Hinterkopf nicht verknotet, so wie bei Lakota und den meisten im Dorf, er trug es offen, mit einem schlichten Stirnband gehalten, keins von Etheles kunstvoll gewebten und bestickten, darauf legte Abdolo keinen Wert. Sein schmales Gesicht zeigte schon die typischen Züge eines Komantschen, hohe Wangenknochen, breite Stirn, kluge, wache Augen, gerade Nase und schmaler Mund. Lakota musste sich eingestehen, es war gut, ihn an seiner Seite zu wissen.

Die Straße führte sie über bewaldete Bergrücken, durch einsame Täler, über klare Bäche, die sie auf großen Steinen überqueren konnten, und an dunklen Bergseen vorbei. Die Sonne stand schon hoch, als sie die Stadt Trinidat erreichten.

Sie waren noch nie in einer Stadt gewesen und wurden von ihrem Lärm und ihrer Hektik förmlich erschlagen, der beißende Qualm der vielen Autos machte ihnen das Atmen unerträglich, wie konnten Menschen nur hier leben? Die Häuserschluchten, so hoch und eng wie die Felswände in den Bergen, verwirrten und ängstigten sie, und als sie nach dem Bahnhof fragten, wurden sie argwöhnisch, ja spöttisch gemustert. Indianer wie sie, in Lederkleider, Mokassins und stolzen, abweisenden Gesichtern verirrten sich selten hierher, man mochte sie nicht, sie waren irgendwie anders, ja unheimlich mit ihren undurchdringlichen, ausdruckslosen Visagen. Man wusste nie, was dahinter vorging. Wohlan, sie wollten zum Bahnhof, sie würden wieder verschwinden und das war gut so. Diese primitiven Naturgeschöpfe gehörten nicht hierher und sollten in ihren Reservaten bleiben.

In der großen Bahnhofhalle schließlich versuchte Lakota die argwöhnischen Blicke der Menschen zu ignorieren. Er fand den Billets-Schalter, stellte sich hinter die Leute die davor standen, und als er an der Reihe war, verlangte er drei Fahrkarten nach Denver.

„Mit Rückfahrscheinen?", wurde er vom Mann mit der blauen Schirmkappe hinter dem Tresen gefragt.

„Mit Rückfahrscheinen?", fragte Lakota erstaunt. „Oh, nein, nein, nicht mit Rückfahrscheinen. Nur drei Fahrscheine nach Denver."

„Der nächste Zug nach Denver geht in zwanzig Minuten, junger Mann", meinte der Beamte herablassend näselnd. „Das wären dann achtunddreißig Dollar."

Lakota kramte das Geld umständlich aus dem großen Lederbeutel, den ihm die Großmutter umgehängt hatte. Der Beamte, ungeduldig die Stirn krausend und mit den Fingerspitzen auf die Theke trommelnd, schaute zu, wie er sorgsam das Geld abzählte und es ihm dann zuschob. Lakota bekam drei Billets ausgehändigt, und weil er sie als sehr teuer empfand, überzeugte er sich gewissenhaft davon, dass sie nur für eine einfache Fahrt nach Denver galten und nicht etwa auch noch für die Rückfahrten, bis ihn der Beamte aufforderte, Platz zu machen. „Vielleicht möchten noch mehr Leute den Zug nach Denver erreichen", meinte er ungeduldig.

Währenddessen hörten Ethele und Abdolo das Dröhnen, Puffen und Poltern der ein- und ausfahrenden Dampf-Ungetüme, von denen die Großen immer erzählten. Eine große Angst beschlich sie, wenn Lakota nicht gewesen wäre, wären sie auf der Stelle zurück in ihr Dorf gelaufen. Lakota aber hatte keine Angst, er behielt die Nerven, er schritt ihnen voran, aus der Halle hinaus und auf einen breiten, zugigen Bahnsteig, vor dem auf Schienen die Monster standen, furchteinflößende, eiserne, schwarze Lokomotiven, die mit ihren vielen schwarzen Wagons ungeheuren Bandwürmern oder Raupen glichen, die mit ihren gewaltigen Rädern schneller laufen konnten, als das schnellste Mustang. Lakota blieb ruhig, selbst als eins der Kolosse drohend auf sie zukam und laut puffend, eine Unmenge weißen Rauch ausstoßend vor ihnen zum Stehen kam.

Abdolo erklomm hinter Ethele und Lakota, dem er absolut vertraute, mutig die Metallstufen, die in den Bauch eines der großen, schwarzen Wagen führten. Dann stolperte er hinter den beiden her durch einen schmalen Gang, an dem sich zu beiden Seiten meist nach vorne gerichtete Holzbänke reihten, manche standen sich auch gegenüber, dahinter Scheiben, durch die man hindurchsehen konnte. Fremde Gesichter wandten sich ihnen zu, starrten sie feindselig an.

Endlich fand Lakota, wonach er suchte, nämlich einander gegenüberliegende Bänke. Er meinte und seine Stimme klang ganz normal: „Hier können wir uns wohl setzen."

Lakota sah es seinen zwei Begleitern an, wie ängstlich und angespannt sie waren, ein Fremder allerdings konnte das nicht sehen. Er wartete, bis sie sich auf die Plätze vor dem Fenster gesetzt hatten, dann setzte auch er sich, streifte seinen Lederbeutel von den Schultern, stellte ihn vor sich ab und meinte leise und eindringlich: „Es ist nur eine Maschine, eine sehr starke Zugmaschine, die Menschen erfunden und gebaut haben und die ein Mensch lenkt. Wir dürfen uns nicht fürchten, wir müssen und können von den Weißen lernen, auch wenn sie uns nicht mögen. „Weise Eule" hat *uns* erwählt, wir dürfen sie nicht enttäuschen. Wir müssen alles versuchen und werden viel erreichen."

Während der Fahrt sprachen sie wenig, Ethele schlief, die große Anspannung und das rhythmische Poch-Poch-Poch der Räder hatte sie einschlafen lassen. Auch die Jungs konnten sich auf Dauer des übermächtig werdenden Schlafes nicht erwehren. Wenn sie aufschreckten und aus dem Fenster schauten, sahen sie bewaldete Hänge, dann wieder ein Flusstal vorbeiwandern, gelegentlich huschten Lichter vorbei. Als es im Waggoninneren dämmrig wurde, gingen einige Deckenlampen an und sorgten für ein sparsames Licht. Hin und wieder tastete sich ein Fahrgast oder ein Zugbegleiter durch den Gang, der die Fahrscheine sehen wollte, zwei- oder dreimal hielt der Zug kurz an, dann konnte man auf beleuchteten Bahnsteigen Leute mit Gepäckstücken stehen sehen, manche stiegen ein, andere aus.

Draußen war es dunkel geworden, als der Zugbegleiter durch die Bankreihen ging und bekannt gab, dass Denver in ein paar Minuten erreicht sein würde. Weiterreisende müssten umsteigen, der Anschlusszug nach Cheyenne gehe in fünfzehn Minuten nach ihrer Ankunft.

Viele Fahrgäste verließen den Waggon, unter ihnen auch Lakota und seine zwei Begleiter. Sie folgten dem Strom der Reisenden über den Bahnsteig, in ein Bahnhofsgebäude.

Lakota musste die Scheu vor der Fremde, dem Unbekannten verdrängen, er durfte keine Unsicherheit oder Schwäche zeigen, um seine zwei jüngeren Begleiter -sie waren nur ein Jahr jünger als er- nicht noch mehr zu beunruhigen, Groß- mutter hatte sie ausdrücklich in seine Obhut gegeben. Er schaute sich um, sah einen Stadtplan und ging darauf zu, um vielleicht die Abraham-Lincoln-Schule darauf zu finden, aber das Gewirr von Straßen. Plätzen und Zeichen darauf verwirrte ihn nur. Ethele und Abdolo waren ihm zögernd gefolgt.

„Wir werden hier schlafen", entschied Lakota. „Dort drüben auf den Bänken. Morgen, wenn es hell ist, werden wir die Schule finden."

In der Halle war es kühl und zugig, eilige Schritte und Stimmen hallten von den hohen, kahlen Wänden wider. Die Holzbank, auf der sie sich niederließen, war hart, aber das störte sie nicht. Bald verlangte ihre Jugend ihr Recht und es umfing sie ein tiefer, stärkender Schaf.

Wer die Abraham-Lincoln Schule mit Erfolg absolviert hat- te, konnte sich eines Studienplatzes an den Universitäten von Kansas City oder St. Louis, je nachdem was studiert werden sollte, sicher sein. Mister Smith, der Rektor, war stolz auf den guten Ruf seiner Schule, er sorgte für Disziplin und Ordnung, aber auch für Fairness und Gerechtigkeit. Aggressionen gegen Lehrer oder Schüler oder Mobbing kamen selten vor, und wenn, dann wurden die Betreffenden verwarnt und bei Wiederholung der Schule verwiesen. Das Lehrpersonal wurde sorgfältig ausgewählt und erst nach einer Probezeit von einem halben Jahr fest in das Kollegium aufgenommen. Auch die Schüler mussten ein gebührend Maß an Erziehung, Intelligenz und Anstand mitbringen. Zu diesem Zwecke mussten sich Neuschüler einer Befragung und einer Aufnahmeprüfung unterziehen. Wer sie bestand und auch die sonstigen Kriterien erfüllte, wurde je nach Bildungsgrad und Begabung in die Klassen eingegliedert. Das Schulmaterial, wie Bücher, Hefte, Stifte und dergleichen, wurde von der Schule gestellt, außerdem stand den Schülern eine umfassende Bibliothek mit Lehr- Sach- und Geschichtsbüchern, die vornehmlich amerikanische Geschichte behandelten, zur Verfügung.

Lakota, Ethele und Abdolo standen gegen Mittag vor dem Portal der Schule, ein hilfsbereiter Passant hatte ihnen die Straßenbahn gezeigt, die zu ihr führte. Schon die Fahrt hierher, die endlosen Häuserschluchten mit den vielen hastenden Menschen, den lärmenden Autos und Bussen, die steinernen Brunnen mit den wasserspeienden Drachenköpfen auf den großen Plätzen, hatte sie überwältigt. Und jetzt das riesige Haus, die Schule, vor der sie standen und nun hineingehen sollten. Selbst Lakota beschlich beim Anblick des zweiflügligen Eingangsportals mit dem steinernen Wappen darüber ein beklemmendes Gefühl, er betrachtete ehrfürchtig die mit Steinplatten und Steingirlanden umrahmten Fenster. Oben, auf dem steilen Ziegeldach gab es zwei übereinanderliegende Gauben-Fenster-Reihen, wie sie, die Köpfe in den Nacken legend, staunend feststellten.

Schließlich nahm sich Lakota ein Herz und stieg die Stufen hinauf, Ethele und Abdolo folgten ihm. Sie fühlten, jetzt waren sie mehr als je zuvor aufeinander angewiesen.

In der großen Eingangshalle fragte Lakota einen Knaben in blauer Hose und hellbeigen Pulli, der gerade die Schule verlassen wollte, wo man sich hier für das neue Schuljahr einschreiben lassen könne.

Die Dame im Sekretariat, in das sie danach eintraten, ließ sich nicht sofort stören. Als sie endlich aufblickte, meinte sie, ihre Brille zurechtrückend und die jungen Indianer streng fixierend: „Wenn ihr euch für das nächste Schuljahr einschreiben lassen wollt, dann tretet näher. Ich beiße nicht."

Lakota, gefolgt von seinen zwei Begleitern, trat an den Tresen. „Hallo", meinte er ein wenig schüchtern, „wir sind für das nächste Schuljahr angemeldet."

„Fein", meinte die Dame nicht unfreundlich, „dann sagt mir eure Namen und wie alt ihr seid. Der oder die Jüngste fängt am besten an."

Abdolo schob Ethele nach vorne.

„Sei ganz ruhig", flüsterte er ihr zu. „Sag ihr, wie du heißt. Du willst doch in die Schule gehen, oder?"

„Ja", flüsterte Ethele zurück.

„Nur Mut, kleines Fräulein", kam es von der Dame. „Wie nun ist dein Name und wie alt bist du?"

„Mein Name ist Ethele, Tochter von „Sanftes Mondlicht" und „Schneller Pfeil." Etheles Stimme wurde etwas sicherer, verständlicher. „Ich bin dreizehn Sommer und einen halben Mond alt. Ich bin hier, um das Lesen und Schreiben der Weißen zu lernen. –Das hatte Lakote während der Reise mit ihr geübt-. „Wenn ich es kann, dann werde ich es in unserem Dorf meinen Schwestern und Brüdern lehren."

„Aha, das finde ich sehr lobenswert von dir", meinte die Dame, legte ihren Stift beiseite und schaute die Kleine, die sich trotz ihrer Schüchternheit so selbstsicher und klar ausdrückte, freundlich lächelnd an. Sie war ohne Frage ein sehr hübsches Ding, aber mit dem blauschimmerndem, schulterlangem Haar, den nachtdunklen, großen Augen und dem bronzenen Teint unübersehbar ein Indianermädchen, und Indianer waren erfahrungsgemäß für das stundenlange Stillsitzen in geschlossenen Räumen nicht geschaffen. In der Regel tauchten sie nach kurzer Zeit einfach nicht mehr auf. Eigentlich, das war ihre ganz persönliche Meinung, tat man ihnen nichts Gutes, sie einzuschulen, aber die Ethik der Abraham-Lincoln-Schule verlangte es. Ihr Leitspruch lautete:

Jeder, der Willens ist zu lernen, ist willkommen.

So steht es in großen Lettern über dem Hauptportal.

Und weil das so ist, erklärte die Dame den Indianerkindern die Schulordnung. „Ihr müsst wissen" meinte sie unter anderem, „dass die Schüler in dieser Schule eine Schulkleidung tragen, das heißt festes Schuhwerk, im Sommer Sandalen, blaue Hosen oder Röcke und Jacken, weiße Hemden und beige Pullis. Diejenigen Schüler, deren Zuhause zu weit entfernt liegt, wohnen hier in der Schule. Bedenkt, wenn ihr euch jetzt für ein Jahr einschreiben lasst, dann müsst ihr auch ein ganzes Jahr bleiben. Wollt ihr das?"

„Ja", meinte Lakota mit fester Stimme, seine zwei Begleiter nickten und schauten sich dabei unsicher an. Daran hatten sie noch gar nicht gedacht.

„Na, gut, wer also ist der nächste", meinte die Dame aufseufzend, nahm ihren Stift zur Hand und stellte sich auf lange, umständliche Namen ein.

Als endlich alles aufgeschrieben war, schickte sie die jungen Indianer nach nebenan, wo sie sich mit anderen Neuschülern einer kleinen Befragung und einem Test unterziehen mussten. Sollte die Befragung positiv ausfallen, würde man sie in alles Weitere einweisen.

Kaum war die Tür hinter ihnen zu, betraten die nächsten Neuschüler von der Eingangshalle her das Sekretariat. Dieses Mal waren es Weiße, stellte die Sekretärin erleichtert fest, zum Glück waren sie in dieser Schule immer noch deutlich in der Überzahl.

In diesem Jahrgang waren sie die einzigen Indianer, stille, fleißige Außenseiter, die sich erstaunlich gut in den Schulalltag einfügten. Am Ende des Schuljahres, es war Mitte November, der erste Schnee war schon gefallen, wurden sie gefragt, ob sie ein weiteres Jahr die Schule besuchen wollen.

Man würde es empfehlen, denn sie hätten sehr gute Fortschritte im Lesen, Schreiben und den anderen Wissenschaften gemacht. Auch hätten sie sich recht gut in den Schulalltag eingelebt. Lakota, Ethele und Abdolo ließen sich auch für das nächste Schuljahr einschreiben.

Aber als sie die Wintermonate im Dorf verbrachten, da kamen zumindest Ethele Zweifel, sie äußerte den Wunsch, nun lieber zu Hause, im Dorf bleiben zu wollen, da sei sie viel nützlicher und außerdem fühle sie sich in der Schule, fernab von zu Hause, nicht wohl. Sie könne die Bücher der Weißen jetzt lesen und würde auch zuhause nicht nachlassen, sich darin zu üben und zu vervollständigen.

Als „Weise Eule", ihre Großmutter, davon hörte, ließ sie Ethele zu sich kommen. „Du hast schon viel gelernt, Ethele", meinte sie, als Ethele ihr auf dem schöngewebten Teppich gegenübersaß. „Es war richtig, dich gewählt zu haben, aber das reicht nicht aus, es ist erst der Anfang. Du musst mit Fleiß und Energie die Wissenschaften der Weißen, die ihnen erlauben, sich über uns zu erheben, lernen, und du musst es aus eigener Überzeugung tun. Du, Lakota und Abdolo seid Wegbereiter und Botschafter unseres Stammes und aller Komantschen. Du, Ethele, bist den Weißen überlegen, denn du bist eine Indianerin und fühlst und handelst mit reinem Herzen. Tirawa und die Geister unserer Ahnen werden dich beschützen und dir beistehen. Auch dein Bruder Lakota und Abdula werden wieder bei dir sein."

Ethele wusste, sie musste sich fügen, obwohl ihr graute in das steinerne, laute und stinkende Häusermeer, in dieses große, steinerne Haus zurückzukehren, zu Menschen, die ihr fremd waren, die sie nicht verstand und die sie nicht verstanden. Einen Sommer noch, dann wäre „Weise Eule" sicher zufrieden. Nur noch einen Frühling, einen Sommer und einen Herbst. Ach, wie furchtbar lange das doch war.

Lakota genoss das so lange vermisste, freie Leben in vollen Zügen, stundenlang strolchte er mit seinem Vater, „Schneller Pfeil", in den Bergen und Wäldern herum. Sie jagten mit Pfeil und Bogen Rotwild und Wildenten, angelten im halb zugefrorenen Bach und bereicherten damit den täglichen Speiseplan des Stammes. Wenn er bei Schnee und Kälte mit dem Vater oder mit Abdolo, nicht selten auch allein, die Gegend durchritt oder durchwanderte, atmete er die herrliche Winterluft tief ein, so als wolle er seine Lungen auf Vorrat auftanken. Abdolo begleitete ihn nicht, um zu jagen, er wollte die Vögel belauschen und die Spuren im Schnee studieren, um die Population und Gewohnheiten der Wildtiere zu erforschen.

Die Zeit schien den dreien viel zu schnell vergangen zu sein, als sie wieder ihre Lederbeutel mit ihren Habseligkeiten füllen und sich verabschieden mussten.

Wieder war es ein kühler Märzmorgen, als sie sich mit dem Segen ihrer Großmutter, „Weise Eule", und den guten Wünschen ihrer Mütter und des ganzen Dorfes auf den Weg machten, um das zu tun, was man von ihnen erwartete. Es war nicht weniger, als dass sie mithelfen sollten, ihrem Stamm, ihrem ganzen Volk aus der tiefen Repression zu helfen, in der sie sich schon so lange befand. Sie waren noch zu jung, um dies im vollen Umfang zu begreifen.

Lakota wusste, dass er noch viel lernen musste, um den Weißen, den Unterdrückern, ebenbürtig zu sein. Er verstand sich als Bote und Späher, der eine Presche in den Hochmut und die Arroganz der Weißen schlagen sollte. Dazu war er berufen, so wie Ethele, seine Schwester, und wie Abdolo. Er war Lakota, der Fels, er musste den beiden die Kraft und den Mut dazu geben.

Ihre Mitschüler kamen aus meist reichen, einflussreichen Familien, es waren Farmer, Rancher, Beamte, aber auch Anwälte, Ärzte und Lokalpolitiker, was ihre Kinder mit selbstverständlicher Würde zur Schau trugen. Selbst bei Spiel und Sport, wo die Indianerkinder ihren Mitschülern weit überlegen waren, spürten diese, dass sie anders waren, eben Indianer. Das konnte auch die einheitliche Schulkleidung, die blauen, knielangen Röcke der Mädchen und die blauen Hosen der Jungen, die weißen Hemden und die beigen Pullis und Jacken, die weißen Strümpfe, Socken und schwarzen Halbschuhe nicht ändern, obwohl sie sinnbildlich die Schüler gleichstellen sollten. Nie fiel ein abfälliges Wort über ihr Anderssein, das war undenkbar in dieser Schule, das hatten die weißen Kinder auch nicht nötig, denn sie waren Weiße, von Natur aus den Farbigen an Herkunft und Kultur überlegen. Die drei stillen, strebsamen, etwas anderen Mitschüler spürten, sie würden nie dazu gehören, egal wie viel und wie fleißig sie lernen und vielleicht sogar besser werden würden als sie, die weißen Kinder.

Aber das störte weder Lakota, noch Ethele oder Abdolo, sie wollten nicht ihre Identität opfern, das wäre Verrat an ihren Brüdern und Schwestern gewesen. Sie hatten hier eine Aufgabe, eine Verpflichtung zu erfüllen, sie mussten lernen, dafür brachten ihre Brüder und Schwestern zu Hause große Opfer.

So verging auch das zweite Schuljahr. Wieder wurden sie gefragt, ob sie sich für das nächste Schuljahr einschreiben lassen wollen. Man würde es empfehlen, denn sie machten in allen Fächern und Disziplinen erstaunlich gute Fortschritte.

Lakota ließ sich eintragen. Abdolo fragte, ob er es sich noch einmal überlegen dürfe, was wegen der großen Anfrage von Neuschülern leider nicht möglich war, also ließ auch er sich nach einer kurzen Besprechung mit Lakota eintragen. Ethele kämpfte lange mit sich, aber weil Lakota meinte, wenn sie im Dorf oder anderswo Indianerkinder unterrichten wolle, dann würde das Gelernte noch nicht ausreichen. Dazu kam, dass sie gerade ein Buch las, welches sie in der Bibliothek ausgeliehen hatte, ein ungemein spannendes Buch. Es handelte von der Zeit der weißen Siedler, die auf der Suche nach einer neuen Heimat mit Planwagentrecks die Prärie, das Indianerland durchquerten und dabei immer wieder von wilden Indianerhorden attackiert wurden, so dass sie den Schutz von Soldaten brauchten. Andere Einwanderer, meist Gefangene aus Übersee, verlegten die Schienen des Pacific-Railways durch das Land. Ein Junge namens Buffalo-Bill, etwa so alt wie Lakota, hatte mit anderen Männern die Aufgabe, die Arbeiter am Schienenstrang mit Fleisch zu versorgen, indem sie Büffel erlegten. Aber Buffalo-Bill und die anderen jagten nicht nur deshalb, allmählich wurden sie von einem Jagdfieber ergriffen, einem regelrechten Blutrausch, so dass sie die riesigen Büffelherden vernichtend reduzierten und damit die Lebensgrundlage der Indianer zerstörten.

Ethele wollte alles darüber wissen, auch wenn es ihre bislang unbelastete Seele zutiefst erschütterte. Auch deshalb ließ sie sich, wenn auch schweren Herzens, für das nächste Schuljahr einschreiben.

Zu Hause im Dorf zeigte sie jedem, der wollte, was sie schon gelernt hatte, sie las und rechnete und alle waren von ihrem Können erstaunt und begeistert.

„Schneller Pfeil" jedoch war der Meinung, dass man, um die Zeichen der Natur lesen zu können, keine umständliche Schrift und kein Papier brauche, wofür viele Bäume gefällt werden mussten. Zum Leben wäre keine hohe Mathematik nötig, denn die Sterne, die Gräser, die Bäume auf den Bergen und in den Tälern, die Wassertropfen und Fische in den Seen und Bächen kann nur Tirawa, der Allwissende und Allmächtige, zählen. Das sei schon zur Urahnenzeiten so gewesen und das würde auch für alle Zukunft so bleiben. Die Weißen verkümmerten bei ihrem Schulwissen, ihre körperlichen Fähigkeiten und natürlichen Instinkte vernachlässigten sie sträflich. Außerdem sind viele von ihnen zu fett, weil sie sich wenig bewegen und schlecht ernähren.

„Du hast sicher recht", entgegnete „Weise Eule" geduldig, „aber unsere Kinder müssen sich in der Welt der Weißen behaupten, sie sollen nicht die Sklaven der Weißen sein. Wir müssen uns in gewisser Weise anpassen, um uns nicht unterordnen zu müssen."

„Die Weißen arbeiten nur, um in weichen Betten zu schlafen und in gemauerten, geschlossenen Räumen zu leben", erwiderte „Schneller Pfeil" ruhig. „Ist es das, was wir wollen?"

Die anderen ringsum hörten dem Diskurs aufmerksam zu, denn nur er, das Oberhaupt des Stammes, durfte so mit „Weiser Eule" reden, denn sie war seine Mutter."

„Eines Tages werden uns unsere Kinder fragen, warum wir sie nicht in die Schulen der Weißen geschickt haben", antwortete „Weise Eule", die die Ängste der Väter sehr wohl verstand. Sie fürchteten um die Identität ihrer Herkunft, um das Gedenken ihrer Ahnen, um ihre Kultur. Oh, ja, sie verstand ihren Sohn sehr gut.

„Wir werden unsere Identität, unserer Kultur verlieren", meinte sie dennoch, „wenn wir es nicht wagen, unsere begabtesten Kinder in die Schulen der Weißen zu schicken. Schon viele haben einen guten Weg gefunden und dennoch ihre Wurzeln nicht verleugnet. Ich habe Vertrauen in unsere Jugend, ob sie sich nun in Schulen, Akademien oder anderswo bewähren, wir müssen ihnen den Weg in eine gute Zukunft, auch wenn er steinig sein wird, ebnen. So, mein Sohn, jetzt hilf mir bitte in meinen Wigwam zurück, ich bin etwas müde."

Sie ließ sich von „Schnellen Pfeil" hochhelfen und in ihr Zelt bringen.

Auch dieses Mal verbrachte Lakota allein oder mit anderen Jungs, manchmal auch mit seinem Vater, die Ferienwochen mit Jagen, Fischen und Reiten. Abdolo hingegen durchstreife eifrig die umliegende Umgebung, um sie zu erforschen, dabei fand er eines Tages einen halbverhungerten Wolf, er hatte eine eitrige Wunde an der linken Hinterpfote. Abdolo band ihm mit einem Tuch die Schnauze zu und trug ihn ins

Dorf. „Man muss ihm helfen", erklärte er, „sonst muss er qualvoll verhungern oder er wird bei lebendigem Leib gefressen.

Ethele befleißigte sich nach wie vor am liebsten mit dem Knüpfen von fein gesponnener Schafswolle und fertigte daraus wunderschön gemusterte Stirn- und Armbänder an, oftmals in ihren Lieblingsfarben, sonnengelb und lila. Sie waren im Dorf sehr beliebt, aber einige behielt sie und wollte sie mitnehmen in die Schule. Seltsam war nur, dass es ihr nicht mehr graute, so lange von den vertrauten Menschen getrennt zu sein oder vor dem Eingesperrt sein in ein steinernes Haus. Im Gegenteil, sie freute sich auf die Schulbibliothek, in der es so viele schöne Bücher gab. Ethele liebte Bücher, auch die, die sie noch nicht verstand, denn allein schon die Bilder darin erzählten spannende Geschichten.

So fiel ihr der Abschied dieses Mal weniger schwer, als in den vorherigen zwei Jahren. Einzig Abdolo wollte sich lange nicht von seinem fast genesenen Wolf, der schon recht zutraulich geworden war, trennen. Als „Flinker Kojote" versprach, sich während seiner Abwesenheit um ihn zu kümmern, war Abdolo halbwegs beruhigt, denn „Flinker Kojote" war in all den Wochen, in denen sich der Wolf langsam erholte, bei dessen Pflege, beim Füttern und bei den ersten Ausflügen dabei gewesen. Der Wolf kannte und vertraute ihm fast so, wie er Abdolo kannte und vertraute.

Und so gingen sie eines frühen Märztages mit dem Segen von „Weiser Eule" und den Mahnungen und Ratschlägen der Eltern im Gepäck wieder los, um ihrem Dorf und dem Stamm der Komantschen Ehre zu machen.

Sie waren nun keine Neuschüler mehr und kannten den normalen Alltagsrhythmus der Schule genau. Sie kannten ihre Lehrer, Rektor Smith zum Beispiel, der nur bei offiziellen Anlässen zu hören und zu sehen war. Oder die Englischlehrerin Luthenborn, die beim überdeutlichen Sprechen wie eine Schlange zischte, ansonsten aber sehr nett und freundlich war. Oder Sportlehrer Ley, der beim Vorturnen immer einen hochroten Kopf bekam, so dass sich einige Mitschüler nie eines Lachkrampfes erwehren konnten, den sie, wenn Mister Ley es merkte, in einen Hustenanfall umwandelten, was erneute Lachkrämpfe hervorrief. Oder die hübsche Frau Pommerfield, die Geschichtslehrerin, sie mochte Ethele am liebsten, weil sie interessante oder traurige Geschichten erzählte. Die entsprechenden Daten und die Namen der Personen, die in den Geschichten entscheidende Rollen spielten, musste man sich allerdings merken. Alle waren nett und freundlich, auch die Schüler. Sie hatten sich längst an die drei, die im Aussehen und Verhalten so ganz anders waren als sie selbst, gewöhnt, hatten längst kapiert, dass ihre Schweigsamkeit kein Hochmut und ihre Zurückhaltung keine Unhöflichkeit war, es war eben ihre Natur, so wurden sie geboren. Nicht wenige bewunderten sie im Stillen sogar dafür.

Ein Mitschüler hatte sich ihnen besonders angeschlossen, er hieß Justus Timperline, war ein blonder, hübscher Bengel mit reichlich viel Flausen im Kopf, auf seine Weise jedoch war er ungemein liebenswert. Dass er trotz seiner Streiche noch nicht von der Schule geflogen war, verdankte er höchstwahrscheinlich seinen Eltern, reiche Rancher mit großen Vieherden, die von zahllosen Cowboys auf riesigen

Weiden gehütet wurden. Es war kein Geheimnis, dass sie die Schule tüchtig sponserten.

Dennoch, Justus harmlose Dummenjungen-Streiche wurden nicht immer vom Lehrpersonal als lustig empfunden. Wenn beispielsweise nach dem Turnen die Bänder der abgestellten Schuhe derart untereinander verknotet waren, dass es ewig dauerte und viel Aufregung hervorrief, bis sie entknotet waren und alle Schüler ihre eigenen Schuhe gefunden hatten, brauchte man nicht zu fragen, wer der mutmaßliche Verursacher war. Oder wenn nach dem Unterricht die Jackenärmel, einschließlich die der Lehrer, fest verknotet waren oder eine große, hässliche Kröte mitten auf dem Lehrerpult der armen Frau Luthenborn saß, so dass ihr, als sie hereinkam, ein schriller Schrei entschlüpfte, der den Frosch so erschreckte, dass er zur Belustigung der Klasse von Tisch zu Tisch hüpfte, kurzzeitig in einem Regal zwischen den Ordnern verschwand, dann auf die Fensterbank sprang, wo ihn Justus endlich erhaschen konnte. „Howard", meinte er dann tadelnd und beförderte den Frosch in eine Box, „Howard, du garstiger Frosch. Hundertmal sagte ich dir schon, dass Frösche in der Schule nichts verloren haben." Und sich mit dem unschuldigsten Gesicht der Welt an die arme Frau Luthenborn wendend: „Sorry, Frau Luthenborn, soll nicht mehr vorkommen. Howard meint tatsächlich, er könne das Lesen und Schreiben lernen und nutzt jede Gelegenheit, sich in meine Schultasche zu mogeln."

Dennoch, man konnte Justus nicht lange böse sein. Auch wenn ihn gelegentlich ganz furchtbar der Hafer juckte, er war ein liebenswerter, einnehmender Bursche.

Aber dann wurde es seltsam ruhig um ihn, Justus saß blass und in sich gekehrt auf seinem Stuhl und beteiligte sich kaum noch am Unterricht. In den Pausen saß er im Schulhof meist allein auf einer Bank, unter einer ausladenden Trauerweide und träumte vor sich hin.

„Ist er krank?", fragten sich die Lehrer. Obwohl, einen klein wenig kranken Justus fanden sie gar nicht so schlecht.

Aber Justus war nicht krank, es war schlimmer, Justus hatte sich unsterblich verliebt, verliebt in das Indianermädchen Ethele.

Justus liebte sie mit der ganzen Inbrunst seines Bubenherzens. Lange hatte er sie auf Abstand bewundert, sie anzusprechen getraute er sich nicht. Er saß im Klassenraum zwei Tische schräg hinter ihr und konnte so ihre anmutig kindliche Nackenlinie betrachten, ihr seidiges, nachtdunkles Haar, das zu einem Zopf geflochten über ihren Rücken fiel, stets trug sie ein sehr hübsches Stirnband mit einem typischen Indianermuster darauf, das ihr sehr gut stand. Wenn sie den Kopf umwendete und zufällig seinem Blick begegnete, dann fühlte er sich ertappt und lächelte völlig verwirrt zurück. „Sie ist mir gut", sagte er sich dann. „In der Pause werde ich sie ansprechen, werde sie fragen, egal was." Aber in der Pause war sie dann in ein Buch vertieft, unmöglich sie dabei zu stören, oder sie stand bei ihren Brüdern und lachte und scherzte mit ihnen, oh, wie er ihre Brüder beneidete. Oder sie war überhaupt nicht zu sehen.

Justus suchte die Nähe ihrer Brüder, er nahm an, sie wären ihre Brüder, denn sie sahen sich sehr ähnlich. In den Pausen setzte er sich gern neben sie und einmal fragte er Lakota: „Du bist doch ein Indianer, Lakota, nicht wahr? Sind die Indianer eigentlich immer noch so wild und grausam, wie sie es früher waren, zum Beispiel zu Zeiten des Pacific-Railway-Baus? Wie leben die Indianer heute? Kannst du mir das sagen, Lakota?"

Lakota meinte lächelnd: „Da gibt es nichts zu sagen, Justus. Sie leben meist abgeschieden in den Reservaten. Das ist doch bekannt."

„Schon", meinte Justus hartnäckig, „aber mich interessiert vor allem, wie leben sie in ihren Reservaten. Sind sie inzwischen friedlich geworden? Was machen sie, Lakota? Du bist doch einer von ihnen, nicht wahr? Erzähl' doch mal von deinem Stamm, es interessiert mich wirklich. Weißt du, ich könnte darüber ein Referat schreiben, es würde mir helfen, nicht von der Schule zu fliegen. Man hat es mir angedroht."

Das mag schon seine Richtigkeit gehabt haben, aber nicht aktuell, zur Zeit gab es absolut keinen Grund dafür. Lakota aber gefiel die Ernsthaftigkeit, mit der Justus seine Bitte vortrug, warum sollte er ihm nicht bei seinem Referat helfen. „Weißt du, Justus", meinte er, „die Nachkommen der Indianer arbeiten heutzutage auf Farmen oder in Fabriken oder auf Baustellen, wie eben alle Amerikaner. Sie müssen Geld verdienen, um ihre Familien zu ernähren und ihre Kinder in Schulen zu schicken oder ihnen eine Berufsausbildung zu ermöglichen. Abdolo, Ethele und ich könnten sonst nicht hier sein." Justus schrieb alles eifrig in sein Heft, dann fiel ihm ein, dass auf den Weiden seines Vaters auch Indianer als Cowboys arbeiteten.

Wenn Lakota keine Zeit für ihn hatte, dann ging er zu Abdolo, um mit ihm zu plaudern. Abdolo erzählte ihm von „Wolf", den er verletzt und halb verhungert ins Dorf gebracht hatte und der während seiner Genesung fast zahm geworden war. Hoffentlich wird er ihn wiedererkennen, wenn er in den Ferien heimkommt. Wölfe und Hunde haben in der Regel ja ein sehr gutes Gedächtnis."

Das fand Justus interessant. „Komm doch mal mit auf unsere Ranch", schlug er vor, „dann zeige ich dir meine Erdkrötenzucht. Sie wird dir gefallen. Dann kannst du gerne auch Ethele und Lakota mitbringen."

„Ich weiß nicht", meinte Abdolo zweifelnd. „Ich glaube, Ethele interessiert sich nicht für Kröten, höchstens für die in den Büchern. Aber frage sie doch selbst. Mich würde deine Krötenzucht auf jeden Fall interessieren."

Um Ethele zu fragen, musste sich Justus wohl oder übel in die Bibliothek bemühen, denn dort saß sie oft tief in irgendeinem Buch versunken.

Normalerweise fand Justus Bibliotheken tödlich langweilig, den endlos langen Regalreihen, vollgestopft mit Büchern, kaum, dass ein Mucks zu hören war, höchstens mal ein unterdrücktes Räuspern, das Scharren eines Stuhles oder das Rascheln von Buchseiten, die umgewendet wurden, konnte er absolut nichts abgewinnen. Aber jetzt hatte dieser stille Ort eine ganz neue Bedeutung bekommen, denn Ethele war da.

Zuerst bemerkte sie Justus nicht, der sich still in ihrer Nähe, in einem Buch blätternd, aufhielt. Als er sich schließlich an ihren Tisch setzte und sie anschaute, da endlich hob sie ihre dunklen Augen und erblickte ihn. „Hallo, Justus", flüsterte sie. Ihn hätte sie hier nicht unbedingt erwartet.

„Stör ich, Ethele?", flüsterte er glücklich darüber, dass sie ihn endlich wahrgenommen hat. „Vielleicht kannst du mir helfen, du bist ja sehr belesen." *Helfen* war das Zauberwort, das, so hoffte er, auch jetzt funktionieren könnte.

„Nicht hier", hauchte sie kaum hörbar zurück und klappte ihr Buch zu. Er folgte ihr möglichst leise hinaus ins Treppenhaus und wunderte sich, dass er nicht längst den Mut aufgebracht hatte, sie anzusprechen.

Aber kaum draußen, fehlten ihm die Worte, er starrte sie nur wie eine Erscheinung an und schwieg.

„Nun sag` schon, Justus", meinte sie leicht ungeduldig. „Hier können wir reden. Was also willst du mir sagen?"

Justus versuchte sich zu sammeln, gleich würde sie wieder in die Bibliothek, zu ihrem Buch zurückgehen. „Können wir nicht hinaufgehen, Ethele", bat er endlich. „Oben im Park scheint die Sonne, da ist es viel schöner als hier."

Also gingen sie in den Pausenhof hinauf und setzten sich auf die Bank, unter die Trauerweide, die freundlich ihre feinbelaubten, biegsamen Äste fast bis zum Boden herabsenkte und die beiden dahinter wie mit einem lichten Vorhang verbarg.

„Ein schönes Plätzchen", stellte Ethele fest. „Es ist dein Lieblingsplatz, nicht wahr, Justus?"

„Oh, ja", meinte Justus, in diesem Augenblick war er es jedenfalls. „Weißt du, Ethele", meinte er und spürte sein Herz heftig gegen seine Rippen schlagen, „Abdolo sagte, ich könne mich an dich wenden, weil du sehr belesen bist und so viel weißt. Na, ja, und da dachte ich, vielleicht könntest du mein Referat durchlesen", fiel ihm plötzlich ein. „Weißt du, ich muss es morgen abgeben und wenn es fehlerhaft ist, na, dann werde ich wohl von der Schule fliegen, man hat es mir schon mehrmals angedroht." Das war nicht unbedingt geschwindelt, aber das mit dem Referat schon, das war eine Notlüge. Er schaute Ethele so treuherzig flehend an, dass sie gar nicht anders konnte, als ihm zu helfen.

„Morgen schon?", meinte sie zweifelnd. „Aber gut, wenn du glaubst, ich kann das, dann bring mir dein Referat, Es kann ja nicht schaden, wenn ich es einmal durchlese."

„Danke, Ethele, du bist wirklich sehr nett", stammelte er und lief davon.

Natürlich hatte er kein eigenes Referat, ein Referat musste schließlich freiwillig erarbeitet werden, um die Zensuren aufzubessern, und dazu hatte er bisher keine Notwendigkeit gesehen. Aber er wusste, dass sein Freund Robert Wineberg eins hatte. Er musste es morgen abgeben und wäre sicher furchtbar dankbar und froh, wenn jemand wie Ethele es vorher durchlesen würde.

Robert war schnell davon überzeugt, dass dies zumindest nicht schaden könne.

Schon bald kehrte Justus mit Roberts Referat zur Bank unter der Weide zurück, wo Ethele immer noch saß und auf ihn wartete.

Justus schulische Leistungen waren seinem Ehrgeiz und seinem Fleiß entsprechend mäßig, Ethele sah es von nun an als ihre Aufgabe, ja, als ihre Pflicht an, ihm zu helfen, sie zu verbessern. Justus hätte sich durchaus andere Freizeitaktivitäten mit Ethele vorstellen können, als nur zu lernen und Bücher zu wälzen, aber wenn er bei ihr sein wollte, dann musste er sich fügen. Manchmal, wenn Ethele in sein schelmisch grinsendes Lausbubengesicht blickte, hatte sie Erbarmen mit ihm, dann liefen sie in den an die Schule grenzenden Park, spielten Verstecken oder tobten einfach nur herum.

Dabei kamen sie sich mitunter ziemlich nah, wenn Ethele zum Beispiel eine Strähne aus Justus Stirn strich und ihm dabei in die lachenden Augen schaute, dann war er sehr versucht, ihren zarten Mund zu küssen, doch das wagte er nicht, noch nicht. Denn wenn sie zusammen lernten, dann war sie streng und ließ nicht locker, bis sie den Eindruck gewonnen hatte, er habe den Stoff begriffen, egal ob es sich um die amerikanische Geschichte, um Geografie, Algebra oder Rechtschreibung handelte.

Und Justus ließ es sich gefallen, zumal als sein Lernen Erfolg zeitigte, er bekam bessere Noten und hatte auch keine Zeit mehr für irgendwelchen Unsinn. Die Lehrer nahmen es zufrieden zur Kenntnis und auch, dass Ethele entscheidend dazu beitrug.

Justus war glücklich, denn Ethele mochte ihn, das spürte er genau. Wie selbstverständlich sie mit ihm sprach, wie sie ihn tadelte, ermunterte, ihn neckte, wenn er träumend in ihren Anblick vertieft war. Sah sie dann nicht, wie sehr er sie liebte? Auf jeden Fall mochte sie ihn, sah ihn als Freund, als guten Freund, vielleicht als den Freund? Ach, wenn es nur so bliebe, so federleicht und traumhaft schön.

Ja, Ethele mochte Justus, wegen ihm und den Büchern wäre sie in den Ferien am liebsten in der Schule geblieben. Aber das ging nicht, deshalb behielt sie diesen Wunsch lieber für sich.

Dieses Mal stand am Ende des Schuljahres eine Prüfung an, die alle drei Indianerschüler mit Bravour bestanden. Auch Justus bekam ein Zertifikat, das ihm die Türen zu weiterführenden Schulen öffnete. Er war darüber so glücklich, dass er Ethele aus lauter Dankbarkeit vor ihren Brüdern umarmte.

Und weil die den sympathischen, lebhaften Jungen auch mochten, man musste Justus einfach mögen, freuten sie sich mit ihm.

„Das habe ich Ethele zu verdanken", schwärmte Justus. „Ich mag sie, ich liebe sie, sie ist mein guter Stern."

„Schön", beruhigte ihn Lakota, „aber was hast du jetzt vor, Justus? Willst du weiter in die Schule gehen? Wenn ja, in welche. Jedenfalls wirst du von jetzt an ohne Ethele auskommen müssen, nicht wahr, Ethele?"

Justus schaute Ethele an und Ethele Justus, beider Lächeln erstarrte, ihre Freude wich einer Betrübnis, einer Angst, einander nicht wiederzusehen. Aber Ethele wollte, sie musste Justus wiedersehen. Jetzt, wo der Abschied unmittelbar bevorstand, womöglich ein endgültiger, merkte sie, wie weh es tat, von hier wegzugehen, von der Schule, von Justus, vor allem von ihm. Was sollte er ohne sie machen? Er brauchte sie doch.

„Ich komme wieder", versprach sie und schaute dabei Justus in die Augen, dann sah sie ihre Brüder an. „Ihr wisst, ich will Lehrerin werden und Indianerkinder unterrichten. In der Schule hier werde ich alles lernen, was dazu nötig ist. Ich werde mich für das nächste Schuljahr wieder einschreiben lassen."

Justus nahm es als Versprechen, was es auch war. Dann ließen sie sich alle vier für das kommende Schuljahr eintragen.

Die Eisenbahn war für die jungen Indianer immer noch aufregend, aber längst nicht mehr so beängstigend, wie es auf ihren ersten Fahrten der Fall war. Auch dieses Mal waren die Waggons gut besetzt und wieder mussten sie eine Weile nach sich gegenüberliegenden Bänken suchen. Das war wichtig, denn so konnten sie sich während der Fahrt sehen und austauschen.

Etwa auf halber Strecke meinte Lakota, nachdem er seine Schwester lange schweigend betrachtet hatte: „Ihr wisst, ich bin für euch verantwortlich. „Weise Eule" hat es so gewollt."

Ethele und Abdolo schauten ihn verwundert an, nun ja, das mag am Anfang so gewesen sein, aber nun waren sie älter geworden und selbstständiger.

„Großmutter hat mich nie von dieser Verantwortung entbunden", meinte Lakota ruhig. „Vor allem nicht von der Verantwortung für dich, Ethele."

Ethele wurde es unbehaglich zu Mute. „Ist das ein Problem für dich?", fragte sie.

„Bisher nicht, Ethele", meinte Lakota sanft, „aber jetzt mache ich mir Sorgen, Sorgen wegen Justus. Du magst ihn und er mag dich. Auch wir mögen ihn und er mag uns, soweit ist es in Ordnung. Aber nun willst du nur seinetwillen weiter in die Schule gehen, nicht wahr?"

„Er braucht mich", flüsterte Ethele. „Wir lernen gut zusammen und wir verstehen uns. Außerdem will ich Lehrerin werden."

„Aber ihr seid keine Kinder mehr, Ethele. Du musst wissen, Justus wird in nicht allzu ferner Zukunft ein weißes Mädchen kennen und lieben lernen. Ich will nicht, dass du seinetwegen oder wegen eines anderen weißen Burschen leidest. Deshalb werde ich Großmutter vorschlagen, dass du nicht mehr in die Schule gehst, nicht mehr in diese Schule. Du darfst Justus nicht wiedersehen, Ethele."

Ethele starrte ihn mit erschrockenen, großen Augen an. „Aber", meinte sie fast flehend, „Ich habe mich doch eintragen lassen, habe immer fleißig gelernt und eine gute Benotung bekommen. Warum darf ich nicht mehr in die Schule gehen?"

Abdolo liebte Ethele wie eine Schwester, er spürte ihre Angst, er bedauerte sie, aber er sagte nichts, denn er durfte dazu nichts sagen.

„Nicht mehr in diese Schule, Ethele", berichtigte sie Lakota ruhig und bestimmt. „Wir werden dem Rat der „Weisen Eule" und des „Ältestenrats vertrauen."

Er schlug ein Buch auf und vertiefte sich darin. Ethele, zutiefst betroffen, wusste, das Gespräch war damit beendet.

Nachdem „Weise Eule" Lakota angehört hatte, war auch sie der Meinung, Ethele müsse, wenn sie unbedingt weiterlernen möchte, eine andere Schule besuchen. In Pueblo, habe sie gehört, gäbe es eine Schule für Mädchen. Bis dorthin könnten sie Lakota und Abdolo begleiten und dann mit der Eisenbahn nach Denver oder anderswohin weiterfahren. In den Ferien dann könnten sie Ethele auf ihrem Rückweg abholen und nach Hause bringen.

Als man es Ethele vorschlug, meinte sie mit zitternder, versagender Stimme, dass sie überhaupt nicht mehr in eine Schule gehen wolle. Somit schien fürs Erste alles geklärt und in Ordnung zu sein.

Aber dann erkrankte Ethele an einer geheimnisvollen, schlimmen Krankheit, sie litt unter Appetitlosigkeit und Apathie, ihre süße Stimme versiegte, ihre schönen Augen verloren durch allzu viel Weinen ihren Glanz, sie hatte keine Lust am Weben und Sticken, nicht am Hüten und Versorgen der Schafe oder der Ziegen, nicht am Zubereiten von Käse oder anderen Speisen. Wenn sie auf Drängen ihrer besorgten Mutter hin etwas hinunterwürgte, erbrach sie es sofort wieder. Schließlich wollte sie sich nicht mehr von ihrem Lager erheben, weil sie sich zu schwach dazu fühlte. „Weise Eule" kam und blieb lange bei ihr. Sie betrachtete ihr Enkelkind aufmerksam und erzählte ihr von den Geistern der Ahnen und den Naturgöttern, die die Geschicke der Menschen auf wunderbare Weise fügten, so sie sich ihnen anvertrauten.

Zur Mutter, dem Bruder und den anderen, die vor dem Zelt auf sie warteten, um ihre Meinung zu hören, meinte sie: „Etheles Seele ist krank. Umsorgt sie, lasst sie spüren, dass ihr sie liebt, das ist die einzige Medizin, die ihr helfen kann. Sie ist jung und wird darüber hinwegkommen."

„Worüber wird sie hinwegkommen?", wurde sie gefragt.

„Sie liebt das erste Mal", meinte „Weise Eule". „Helft ihr es auszuhalten und zu überwinden."

Jeden Tag ließ sie sich berichten, ob sich eine Besserung bei der Kranken eingestellt hätte, hin und wieder schaute sie selbst nach ihr, aber Ethele, von Natur aus schon zart, wurde mit jedem Tag schwächer. Sie litt und niemand war im Stande, ihr zu helfen.

Lakota versuchte es mit einem jungen Mustang, den er für sie eingefangen hatte, sie könne ihn, meinte er, sobald sie gesund sei, zureiten, er würde ihr dabei helfen. „Das ist lieb von dir", meinte Ethele müde lächelnd, „aber behalte ihn lieber, bei dir ist er besser aufgehoben." Abdolo brachte ihr einen Eiszapfen vom Bach mit, womit sie ihre fieberheiße

Stirn kühlen konnte, wie er meinte. „Du liebst doch das Eis und den Schnee, Ethele", meinte er. „Werde schnell gesund, denn der zugefrorene Bach und der tief verschneite Wald sind wunderschön anzusehen, sie werden dir gefallen." Aber Ethele meinte nur: „Nimm ihn weg, Abdolo, „ich weiß, du meinst es gut, aber ich friere so sehr." „Sanftes Mondlicht" umsorgte ihre Tochter ständig mit selbstzubereitetem Tee aus getrockneten Blütenblättern und Waldfrüchten, die sie im Sommer und im Herbst gesammelt und getrocknet hatte, es war das einzige, was Ethele wenigstens meistens bei sich behielt. Wenn „Weise Eule" nach der Kranken schaute und ihr spannende Geschichten erzählen wollte, von denen Ethele früher nie genug bekommen konnte, dann war sie zu müde, um zuzuhören. „Danke, Großmutter", bat sie dann leise und mit spröden Lippen, „aber ich möchte gern ein wenig schlafen.

Ethele war am liebsten allein, dann konnte sie ungestört träumen, von Justus. Dann sah sie sein liebes, verschmitzten Gesicht mit den dunkelbraunen Augen, in denen der Schalk nur so blitzte, hörte seine Stimme, die nach ihr ruft, sah ihn über seine Hefte gebeugt, oh, ja, er lernte, nur um bei ihr zu sein, das wusste Ethele genau. Sie brauchten einander, warum konnte das keiner verstehen, warum sah das keiner, warum trennte man sie? Wie mochte es ihm ergehen? Litt er genauso wie sie? Er wusste nicht, dass sie nach den Ferien nicht mehr kommen würde, dass sie sich nicht mehr sehen würden, obwohl sie es doch versprochen hatte.

Nach zwei Wochen sprach ihr Vater, „Schneller Pfeil", ein Machtwort, wenn nötig müsse man das Kind noternähren, bestimmte er. Daraufhin verordnete „Weise Eule" Hühner-

117

brühe mit einem untergerührtem Hühnerei, zweimal am Tag, egal, ob sie es bei sich behalten würde oder nicht. Zudem müsse sie Aufgaben bekommen, defekte Kittel, Hosen und Joppen, die der Reparatur bedurften, gäbe es schließlich genug und erforderten auch keine sonderliche Kraft. Außerdem müsse die Kranke endlich ihr Lager verlassen und kleine Spaziergänge durch die Winterlandschaft unternehmen, Abdolo könne sie mit seinem Wolf dabei begleiten. Der Appetit würde sich dann von ganz alleine wieder einstellen.

All das geschah, Ethele schlürfte Hühnerbrühe und übergab sich postwendend wieder, sie machte mit Abdolo und seinem Wolf einige Schritte durch das Dorf, musste aber schnell umkehren, weil ihre Knie zu sehr zitterten und es ihr schwindelig wurde. Zum Ausbessern der Kleider fehlte ihr die Kraft, es war hoffnungslos.

Aber dann kam eines späten Nachmittags Justus auf einem weißbraun-gefleckten, jungen Hengst ins Dorf geritten. Er kam allein, warm verpackt in eine fellgefütterte Joppe, warmen Stiefeln, einer Fellmütze mit Ohrenklappen und dicken Fellhandschuhen. Als er von seinem Pferd sprang, war er im Nu von Indianern umringt. Dass sich ein Weißer in ihr Dort verirrte, war eine kleine Sensation und seit Menschengedenken nicht mehr da gewesen. Justus ließ sich nicht beirren, er musterte die Schar amüsiert und meinte, wobei er über das ganze gerötete Gesicht grinste: „Hallo. Ich dachte mir, besuch' doch mal deine Schulfreunde, Lakota, Abdolo und Ethele. Sind sie hier?"

Die Indianer antworteten nicht, sie schauten das Bleichgesicht, dessen Wangen jetzt freilich ein gesundes Rot aufwiesen, nur schweigsam an. Sein Pferd war ein wenig abgekämpft und dampfte etwas, hatte aber kein Brandzeichen, stellten sie fest.

Da sah Justus seinen Schulfreund Lakota kommen, der aber bei seinem Anblick auf Abstand stehenblieb, so als würde er seinen Augen nicht trauen.

„Hallo. Lakota", grüßte ihn Justus erfreut. „Wo kann ich Loser, mein Pferd, trockenreiben? Etwas Hafer und Wasser bräuchte er auch. Er hat mich drei lange Tage über Stock und Stein hierher getragen."

„Hallo, Justus." Justus war viel zu froh, endlich hier zu sein, um zu sehen, dass sich Lakotas Freude in Grenzen hielt.

„Im Schuppen dort ist Stroh und alles, was du für dein Pferd brauchst. Ich komme mit."

„Warum bist du gekommen, Justus?", wollte Lakota wissen, kaum dass sie im Schuppen Justus Pferd trockengerieben und ihm eine Decke umgehängt hatten. Bei Justus verständnislosem Blick meinte er: „Falls du wegen Ethele gekommen bist, tut es mir leid, sie ist krank und kann und will niemanden sehen. Ruh' dich aus, stärke dich, dann reite wieder zurück."

„Justus!"

Die Burschen wandten ihre Köpfe und sahen an der offenen Schuppentür Ethele stehen, über ihre Schulter hing eine flüchtig übergeworfene Decke, so dass ihr weißes Hemd zu sehen war, ihr rabenschwarzes, schimmerndes Haar flutete ungebändigt darüber. „Justus!" Schon war sie bei ihm und streckte ihm beide Hände entgegen. „Wo kommst du so plötzlich her. Das ist ja eine freudige Überraschung, nicht wahr, Lakota? Freust du dich auch? Komm, geh'n wir zur Großmutter, sie muss dich kennenlernen, meine Mutter und mein Vater auch. Ach, Justus, ich freu' mich so, dich zu sehen." Dann sah sie das Pferd, das sich bereits etwas erholt hatte und Hafer fraß. „Ist es dein Pferd, Justus? Oh, es ist wunderschön, es hat dich hierher getragen, nicht wahr. Lakota hat mir ein Pferd geschenkt, wir können zusammen ausreiten. Der zugefrorene Bach und der Wald sind jetzt im Winter wunderschön anzusehen!"

„Langsam, Ethele, dazu bist du noch viel zu schwach", versuchte Lakota sie zu beruhigen, die plötzliche Wiedergenesung seiner Schwester ging ihm dann doch zu plötzlich. Aber Ethele hörte ihn gar nicht.

Als die kranke Enkeltochter ihren Wigwam betrat, war „Weise Eule" sehr überrascht, Ethele, zwar schmal und blass, sah keineswegs leidend aus. Ihr Gesichtchen hatte einen freudig lebhaften Ausdruck, die dunklen Augen strahlten und auf ihren Wangen lag ein rosiger Hauch. Als hinter ihr ein junger Weißer und Lakota hereinkamen, wusste sie gleich, woran das lag.

„Großmutter, Justus ist gekommen, um uns zu besuchen", meinte Ethele glücklich lächelnd. „Du weißt doch, er ist ein guter Freund, ein Schulfreund. Ich hab' dir von ihm erzählt, nicht wahr? Justus, das ist meine Großmutter, „Weise Eule".

„Hallo". meinte Justus, die schlohweiße, ehrwürdige Greisin flößte ihm ziemlichen Respekt ein. „Ich bin Justus Timperline und habe mir erlaubt, meine Schulfreunde zu besuchen. Ethele hat mir im letzten Schuljahr sehr geholfen, meine Noten zu verbessern, so dass ich weiter zur Schule gehen kann." Mit einem Blick auf Lakotas ernstes Gesicht fügte er hinzu: „Ich hoffe, ich komme nicht ungelegen, denn der Weg hierher, durch die Berge, war für mein Pferd und für mich lang und anstrengend."

„Bist du allein gekommen?", wollte „Weise Eule" wissen. „Haben es deine Eltern erlaubt, dass du ein Indianer-Reservat besuchst?"

„Nicht direkt", gab Justus zu und seine Wangen wurden noch ein wenig röter. „Sie wissen, dass ich Freunde besuchen will und ein paar Tage wegbleiben werde. Das ist für sie überhaupt kein Problem."

„Ein paar Tage, sagst du?" „Weise Eule" schüttelte verneinend ihr weißes Haupt. „Und du glaubst, du könntest so lange hierbleiben?"

„Er kann bei Lakota und Abdolo schlafen, Großmutter, nicht wahr, Lakota?", beantwortete Ethle flink diese Frage. „Wir werden zusammen ausreiten, jagen, Fische fangen, Vögel beobachten, wir können ihm so viel zeigen, Großmutter, er wird sich ganz bestimmt nicht langweilen bei uns, nicht wahr, Lakota? Ich freu' mich so, Großmutter, wir werden gleich zur Mutter und zum Vater gehen, sie werden sich bestimmt auch freuen. Wie lange kannst du bleiben, Justus? Du bleibst doch ein paar Tage, nicht wahr?"

Justus lächelte, Ethele freute sich, das war schön, das schmeichelte ihm. Seinen Eltern hatte er einen Brief hinterlegt, der sie beruhigen würde, es war ja nicht das erste Mal, dass er sich in den Ferien ein paar Tage von zu Hause abseilte, um bei den Cowboys auf den Weiden zu sein. Er saß gerne abends an ihrem Lagerfeuer und lauschte ihren rauen Männergeschichten von Überfällen, Viehdieben, Gerichtsvollstreckungen und dergleichen. Das gefiel ihm, das wussten seine Eltern.

„Natürlich", meinte er. „Vielleicht eine ganze Woche, falls du einverstanden bist, „Weise Eule". Im März fängt das neue Schuljahr an, dann werden wir uns auf jeden Fall wiedersehen."

„Darüber werde ich mich noch heute mit meinem Sohn, „SchnellerPfeil", und dem Ältestenrat beraten", meinte „Weise Eule". „Solange kannst du im Zelt von Lakota, meinem Enkel, und Abdolo wohnen. Sie werden dir ein Lager richten."

„Danke, „Weise Eule". Ich werde bestimmt keine Umstände machen. Das verspreche ich."

Der eilig einberufene Ältestenrat traf sich noch am Abend im Wigwam von „Weise Eule". Lange war man sich nicht darüber einig, was zu tun sei. Einige Männer meinten, immer wenn ein Weißer ins Dorf komme, bedeute das nichts Gutes, der Junge müsse sofort das Dorf verlassen. Vielleicht wurde er geschickt, um das Dorf auszuspionieren, vielleicht auch interessiere er sich allzu sehr für Ethele, im letzten Schuljahr habe er sich ihr laut Lakota sehr angeschlossen.

Andererseits, meinten andere, der Bursche sehe nicht gerade gefährlich aus, wenn er ein paar Tage bliebe, würde es Ethele helfen, gesund zu werden. Allerding, wandte „Schlauer Fuchs", der Medizinmann ein, müsse erst noch Atira, die Göttin des Himmelsgewölbes, befragt werden, ehe endgültig darüber entschieden werden könne. Denn sollte der Fremde nicht so harmlos sein, wie es scheint, und sich Ethele unsittlich nähern, dann hätte das schlimme Folgen, vor allem für Ethele, denn dann müsste sie trotz ihrer Jugend die Dorfgemeinschaft verlassen. Das Risiko also, das von dem jungen Weißen ausgehe, ist nicht gering einzuschätzen.

„Befrage Atira, „Schlauer Fuchs", meinte „Weise Eule", „und gib uns morgen früh Bescheid. Wir anderen mögen die Angelegenheit in aller Stille bedenken."

Justus aber war glücklich, Ethele hatte ihn ihrer Mutter, „Sanftes Mondlicht", vorgestellt. „Schneller Pfeil" war zu dieser Zeit in einer Beratung des Ältestenrates, dass es dabei um ihn gehen könnte, ahnte er freilich nicht. Ethele hatte ihn durch das Dorf geführt, ihm die Spinnräder und Webstühle gezeigt und die darauf gewebten, mit typischen Mustern versehenen Stoffe, aus denen man Kleider und Decken nähen würde. Sie hatte ihm ein Band um die Stirn und den blonden Schopf gelegt, ihm dabei ernst in die Augen geschaut und gemeint: „Du bist jetzt ein Indianer, Justus."

„Nun, ja, ein halber", hatte er geschmeichelt eingeschränkt und das Band auf seiner Stirn betastet, es fühlte sich rau und wunderbar an.

Sie waren große, arglose, verliebte Kinder und sie waren sehr glücklich.

Am späten Abend, im Wigwam von Lakota und Abdolo, saßen sich die ehemaligen Schulkameraden auf einem Schafsfell gegenüber. Lakota betrachtete nachdenklich Justus gelöstes, glückliches Jungengesicht und das Band um seiner Stirn. „Warum bist du gekommen, Justus?", fragte er schließlich. „Wenn du ehrlich bist, nicht wegen Abdolo und mir, nicht wahr? Wir sehen uns wahrscheinlich im März in der Schule wieder. Ethele wird dann nicht dabei sein, musst du wissen."

Justus machte ein erschrockenes, überraschtes Gesicht. „Warum denn nicht", fragte er. „Sie ist krank, das weiß ich, aber bis dahin wird sie wieder ganz gesund sein. Sie will doch unbedingt in die Schule gehen und lernen, oder etwa nicht?

„Nun, der Grund bist du, Justus. Ihr dürft euch nicht wiedersehen, weil sich Ethele in dich verliebt hat."

Eine Weile schwiegen die Burschen, dann schaute Justus seine beiden Gegenüber unendlich traurig an. „Das ist unfair, Lakota"; meinte er. „Meine Eltern würden nichts tun, um mir zu schaden. Wenn ich in ein Mädchen verliebt bin, dann ist es ihnen egal, welche Hautfarbe sie hat. Ich will Ethele heiraten und meine Eltern werden sie willkommen heißen, denn sie wollen mein Glück. Ist das bei den Indianern anders?"

Lakota spürte den bitteren Vorwurf in Justus Worten und wusste impulsiv, dass er aus seiner Sicht gesehen recht hatte. Falls es stimmte, was er sagte.

„Bei uns ist es in der Tat etwas anders", meinte er fast entschuldigend. „Ethele ist noch so jung, nicht einmal sechzehn Jahre alt, und du bist auch nicht viel älter, glaubst du wirklich, man ist in diesem Alter schon in der Lage, alle Komplikationen und Widerstände, die bei unterschiedlicher Kultur und Herkunft auftreten müssen, zu bedenken und einzuschätzen? Ethele würde in eurer Welt unglücklich werden und das wollen unsere klugen Ältesten, die reich an Erfahrung sind, verhindern. Wenn du sie wirklich liebst, Justus, dann steige morgen früh auf dein Pferd und reite heim."

„Ich bin sehr traurig, Lakota", meinte Justus, alle Fröhlichkeit war aus seinem sonst so frechen Gesicht gewichen, „traurig, dass du so denkst. Ich bin sehr müde, ich muss jetzt schlafen."

Er legte sich auf das Lager, das ihm Lakota und Abdolo bereitet hatten, zog sich die Ziegenfelldecke über den Kopf, unter der man ihn nur noch „gute Nacht" murmeln hörte.

Justus aber nahm sich vor, wenn alle schlafen würden, würde er Etheles Wigwam aufsuchen. Er wusste, wo er war und dass sie ihn mit zwei anderen Mädchen teilte, er würde also äußerst vorsichtig sein müssen. Ethele müsste mit nach draußen kommen, dann könnten sie sich ungestört beraten. Er würde ihr seine Liebe gestehen, und wenn sie ihn dann wegschicken würde, dann würde er es akzeptieren und gehen, auch wenn es ihm das Herz brechen würde.

Aber dann schlief er die ganze Nacht hindurch, ohne auch nur ein einziges Mal wach zu werden.

Als er aufwachte, war es schon heller Morgen. Er war allein im Zelt, kaum ein Laut war zu hören. Das Gespräch mit Lakota, sein Appell, er solle, wenn er Ethele liebe, wieder heimreiten, kam ihm in den Sinn. Aber vorher musste er mit ihr reden und zwar allein. Er durchsuchte sein Lager nach dem Stirnband, fand es und zog es sich über die Stirn und den Blondschopf. Er war ein Indianer, zumindest ein halber, dass sollten alle sehen. Dann schlüpfte er in seine Joppe und die Stiefel und verließ das Zelt.

Lakota stand mit anderen jungen Indianern neben einer großen Feuerstelle, Justus ging zu ihm und sagte ohne Umschweife: „Ich will mit Ethele sprechen, Lakota. Das wird ja noch gestattet sein."

„Sie frühstückt gerade mit den Frauen und Mädchen. Setzt dich zu uns, Justus, und frühstücke mit uns." Er wies auf die halbierten Baumstämme, die um das Feuer lagen, einige junge Indianer saßen darauf und betrachteten ihn neugierig. Er setzte sich dazu und Lakota reichte ihm eine Tonschale mit süßem Maisbrei, in dem ein Holzlöffel strakte. „Iss", meinte er. „Hernach will dich der Ältestenrat sehen."

Justus löffelte die Schüssel lustlos leer und trank das heiße, bittere Getränk, das ihm Lakota in einem Tonbecher gereicht hatte, bis auf den Grund leer, dann stand er auf und meinte: „Ethele ist nun bestimmt mit Frühstücken fertig, kann ich jetzt mit ihr sprechen? Danach, das verspreche ich, setze ich mich auf mein Pferd und reite weg. Bitte, Lakota, das kannst du mir nicht abschlagen!"

„Willst du nicht abwarten, was der Ältestenrat zu sagen hat, Justus? Ich würde es an deiner Stelle tun."

„Was spricht dagegen, wenn ich vorher mit Ethele spreche", meinte Justus heftig. „Ist sie hier eine Gefangene?"

„Gut, ich hole sie", meinte Lakota. Warum sollten sich die zwei nicht voneinander verabschieden können. „Ihr könnt euch in meinem Zelt unterhalten. Geh schon einmal vor."

Ethele hatte verweinte Augen, als sie in Begleitung ihres Bruders das Zelt betrat, sie sah wieder leidend und krank aus.

„Ihr habt nicht viel Zeit, Justus, der Ältestenrat wird dich bald rufen lassen", mahnte Lakota. Er warf einen prüfenden Blick auf seine Schwester und verließ das Zelt.

Endlich waren sie allein, Justus lächelte Ethele schmerzlich an. „Wie geht es dir, Ethele?", fragte er. „Wenn du sagst, ich soll wegreiten, dann werde ich es tun, dann muss ich es tun. Aber vorher muss ich dir sagen, Ethele, dass ich dich von ganzem Herzen liebe."

Ethele brach in Tränen aus. „Geh nicht fort ohne mich, Justus", bat sie schluchzend. „Nimm mich mit. Ich will bei dir sein."

Justus nahm sie tröstend in die Arme und streichelte sanft über ihr dunkles Haar.

„Ja", meinte er, „gehen wir also. Wir können überall auf der Welt glücklich sein, wenn wir nur zusammen sind."

Sie schlichen aus dem Wigwam, niemand bemerkte sie, niemand war zu sehen, nur leises Stimmengewirr war zu hören.

Ethele holte aus ihrem Wigwam ihre Pelzjacke, die Pelzmütze und die Handschuhe, dann gingen sie in den Schuppen, führten Justus Pferd Loser hinaus, saßen auf und ritten unbemerkt und ohne besondere Eile durch die hinter dem Dorf liegenden, verharschten Weiden davon. Auf dem vereisten Boden hinterließen sie kaum Spuren, der stetige Nord-West-Wind würde sie bald gänzlich verweht haben. Bald nahm das verschneite Zelt des dichten Nadelwaldes die Flüchtigen auf.

Als Lakota in sein Zelt kam, um Justus abzuholen, der Ältestenrat hatte nach ihm verlangt, fand er es leer. Voll schlimmer Ahnung lief er durchs Dorf und suchte sie, rief nach ihnen. Als im Schuppen auch Justus Pferd fehlte und die Mädchen ihm aufgeregt berichteten, dass Etheles Pelzjacke und Fäustlinge verschwunden seien, da wusste Lakota, dass Justus sein Vertrauen schmählich missbraucht und Ethele, seine Schwester, entführt hatte.

Er musste es sofort der Großmutter und dem Ältestenrat melden. Sie saßen wartend in ihrem Zelt und als er kam und ihnen sagte, dass sie verschwunden seien, erhoben sich die meisten von ihnen.

„Wer ist verschwunden?", wurde er gefragt „Der Weiße?"

„Und Ethele", stieß Lakota hervor. „Alle beide."

„Schneller Pfeil" reagierte sofort. „Wir holen sie zurück", meinte er mit unbeweglicher Miene. „Sie können noch nicht weit sein."

Bald darauf verließ ein kleiner Trupp Indianer in südlicher Richtung das Dorf, ein weiterer Trupp bewegte sich gegen Westen, wo der Weiße mit Ethele in die unwegsamen, bewaldeten Berge geflüchtet sein könnte, ein anderer Trupp, unter ihnen Lakota und Abdolo mit seinem „Wolf", versuchten ihr Glück in nördlicher Richtung. Vielleicht, so hofften sie, wollte Justus nach Denver, wo er zu Hause war.

Die Gesuchten aber hatten kein Ziel und sie hatten keine Angst, sie waren frei und allen Zwängen entronnen. Sie ritten stundenlang, Ethele hinter Justus auf dem Pferd sitzend und die Arme um ihn geschlungen, durch dichte Wälder, über Höhenzüge, durch schattige Schluchten und neben Bächen her, deren muntere Wasser sich gegen das endgültige Zufrieren wehrte. Sie hatten nicht die leiseste Ahnung, wo sie waren und wohin sie ritten, aber Justus innerer Kompass ließ ihn das Pferd Richtung Westen lenken, warum, das wusste er nicht. Ethele vertraute ihm und den guten Geistern ihrer Ahnen, die sie beschützen würden. Das spürte sie.

Gegen Abend lag ein kleiner, dunkler See vor ihnen, dessen Ufer mit einem weißen Raureifkragen gesäumt war, die Hänge ringsum mit den verschneiten Nadelbäumen und die ziehenden Wolken spiegelten sich darin. Etwas vom Ufer entfernt stand ein kleines Blockhaus, vor dem ein Stoß notdürftig mit einer Plane abgedeckter Holzscheite aufgeschichtet war, aus einem gemauerten Kamin stieg eine dünne Rauchsäule auf. Die Hütte war also bewohnt.

Sie waren müde und hungrig, Justus lenkte sein Pferd vor die Hütte und sprang ab, dann half er Ethele vom Pferd, sie war unendlich erschöpft vom langen Ritt. Er klopfte an die grobe Holztür, drinnen hörte man einen Hund kläffen, eine Männerstimme schimpfte mit ihm. „Wenn du erst meldest, Wotan, wenn die Leute, wer sie auch sein mögen, schon vor der Tür stehen, dann ist es zu spät." Die Tür ging auf und ein kräftiger, dunkelhäutiger Mann mittleren Alters stand mit angelegtem Gewehr in der Tür und schaute über seine Waffe hinweg auf die zwei jungen Menschen. Neben ihm stand ein großer Hund mit aufmerksam gespitzten Ohren. Der Mann ließ sein Gewehr sinken und meinte zum Hund: „Ist gut, Wotan, es sind nur Kinder. Was meinst du, sollten wir sie hereinbitten?"

„Wuff", machte der Hund und der Mann öffnete weit die Tür, so dass die „Kinder" an ihm vorbei in seine gute, warme Stube treten konnten.

„Zieht eure Joppen und Mützen aus", forderte er seinen unschlüssig herumstehenden Besuch auf. „Der Eintopf, übrigens ein Bohneneintopf mit Speck, wie ihr sicher riechen könnt, ist so gut wie fertig. Weiß der Himmel", meinte er und lachte, wobei er ein kräftiges, gesundes Gebiss zeigte, „wer hätte gedacht, dass wir heute Abend noch Gäste haben werden, Wotan, was? Es sind die ersten in diesem Winter, wenn ich es genau bedenke, die einzigen, stimmt's? Legt die Joppen auf der Bank dort ab und setzt euch an den Tisch. Ihr habt bestimmt Hunger, kann ich mir denken."

„Oh, ja", antwortete Justus. Er legte Etheles und seine Joppe, die Mützen und die Handschuhe auf der zugewiesenen Bank ab, dann setzten sie sich an den Tisch und schauten dem Mann am Kamin, der in einem Biwak-Topf herumrührte, zu. Ein unwiderstehlicher Duft stieg ihnen in die Nasen, so dass ihnen das Wasser im Munde zusammenlief. Auch der große Hund schaute erwartungsvoll zu seinem Herrn auf, ohne dabei die beiden Fremden am Tisch aus den Augen zu lassen. Er bekam als erster einen großen Napf auf den Bretterboden vor die lange Nase gesetzt, dann landeten drei bis zum Rand gefüllte Suppenschüsseln und die dazugehörenden Holzlöffel auf dem groben Holztisch. „Langt zu", forderte der Mann seine beiden stillen Gäste auf, setzte sich zu ihnen und ließ es sich schmecken.

Justus betrachtete kurz ihren Gastgeber, der Mann war unverkennbar ein Afro-Amerikaner, vielleicht ein ehemaliger Sklave. Er hatte kurzes, krauses Haar, ein rundes Gesicht mit gutmütigen Augen, eine breite Nase und einen großen Mund. Wenn er aufblickte, ermunterte er seine Gäste, sich satt zu essen, es wäre genug da. „Zufällig ist heute der Tag", meinte er augenzwinkernd, „an dem ich für die ganze Woche Bohnen mit Speck vorkoche. Für Wotan und mich reicht das gewöhnlich eine ganze Woche, allerdings mit nicht zu wenig Wild- und Hasenbraten als Beilagen, versteht sich."

„Hast du Wildfallen aufgestellt?", fragte Justus und tauchte seinen Löffel tief in die dicke Suppe. Der dunkelhäutige Mann schaute ihn aufmerksam an. „Allerdings, junger Freund", meinte er. „Wir sind Fallensteller und Angler, Wotan und ich. Selbstbestimmte Einsiedler, wenn man so will. Bis jetzt jedenfalls."

„Toll", meinte Justus und löffelte mit Heißhunger seine Schüssel bis zum Grund leer. „Das war richtig gut", bemerkte er anerkennend. „Garantiert der leckerste Bohneneintopf, den ich je gegessen habe."

Ethele musste, nachdem ihre Schüssel zur Hälfte leer war, aufgeben, immerhin, soviel wie jetzt hatte sie schon lange nicht mehr gegessen. Sie war froh und erleichtert, Justus so sorglos und heiter zu sehen, denn dann konnte sie das bange Gefühl, das sich ihrer manchmal bemächtigen wollte, verdrängen.

„Können wir heute Nacht hierbleiben?", fragte Justus. „Meine Freundin ist sehr müde, wir waren lange unterwegs."

„Deine Freundin", meinte der Dunkelhäutige mit Betonung und betrachtete das Indianermädchen interessiert. „Sehr hübsch, deine Freundin. Nun ja, meine Hütte ist kein Palast, wie ihr seht, aber für zwei müde Wanderer wie euch ist allemal Platz. Ihr könnt auf meinem Lager schlafen, ich lege mich vor den Kamin, zu meinem Hund. Ich bin übrigens Axel und das ist Wotan, mein treuer Hund, er leistet mir seit kurzem Gesellschaft. Eines Tages saß er vor meiner Tür und wollte unbedingt mein Partner sein. Nun, gut, er macht sich ganz gut beim Wild aufstöbern und auch sonst."

„Freut mich, Axel", meinte Justus „Wir sind Ethele und Justus."

„Macht es euch bequem, Justus, deine kleine Freundin fällt ja fast schon vom Hocker. Ich geh noch zum See und spüle die Schüsseln".

Er nahm sich eine fellgefütterte, speckige Lederjoppe vom Haken an der Tür, schlüpfte hinein, nahm die Schüsseln und ging hinaus. Draußen war inzwischen eine frostige Nacht hereingebrochen.

Es war die erste Nacht, die sie zusammen waren, und es war schön. Sie spürten einander und sie spürten, dass ein guter Stern über sie wachte.

Eine Woche verging und sie waren immer noch da. Ethele war kräftemäßig noch nicht in der Lage, aufzubrechen und Axel hatte nichts gegen ein wenig menschliche Gesellschaft einzuwenden. Justus begleitete ihn gern zu Fuß über verharschte, lichte Hänge und durch dichtes Unterholz, um die Fallen zu kontrollieren. Wenn Wotan durch sein aufgeregtes Bellen signalisierte, dass ein Tier in einer saß, wurde es mit einem Gnadenschuss erlöst und Axel band es sich an seinen Gürtel.

Ethele machte sich inzwischen in der Hütte nützlich, was bitter notwendig war. Sie lüftete die Felle des Schlaflagers draußen über einem Balken, schob den Ruß aus dem Kamin in einen Eimer, fegte mit einem kräftigen Reisigbesen, den sie in einer Ecke fand, den Bretterboden und wischte mit einem am See befeuchtetem Tuch den Tisch und die Bänke sauber. Die zwei kleinen Fenster, wunderschön mit Eisblumen bereift, brauchten nicht geputzt zu werden.

Wenn Axel und Justus zum Fischen gingen und Lachse und Forellen aus dem Wasser zogen, war Ethele dabei. Sie half beim Ausweiden und Zerlegen der Tiere, mit solchen Arbeiten war sie schließlich bestens vertraut.

Aber dann kam eines Nachmittags Axel mit Justus auf den Armen zurück, der große Hund, sonst munter vorneweg-springend, zottelte mit hängenden Ohren und eingezogener Rute hinterher.

An Justus rechtem Fuß hing eine große, eiserne Falle, deren Zähne sich in seinen Stiefel und, der Stiefel war schwarz von Blut, auch in seinen Fuß gebohrt hatten.

„Der Tölpel ist in eine Falle gestolpert", meinte Axel und ging an Ethele, die die Hüttentür weit geöffnet hielt, vorbei zum Lager, auf dem er den stöhnenden und jammernden Justus sanft ablegte. Ethele schloss die Tür und trat ans La-ger, Axel meinte erklärend: „Ich könnte die Falle öffnen und den Fuß befreien, aber womöglich würde ich dabei mehr kaputt machen, als sowieso schon ist. Wir müssen ihn zu einem Doc bringen, dazu brauchen wir eine Trage. Bleib du bei ihm, Schneeglöckchen"- so nannte er Ethele gern- „ich baue die Trage und morgen bei Tagesanbruch machen wir uns auf den Weg nach Pueblo. Es ist nicht sonderlich weit bis dorthin."

Seine sachliche Ruhe beruhigte Ethele ein klein wenig. „Axel wird uns helfen", dachte sie hoffnungsvoll. „Er ist sehr stark und klug und so bedacht, er wird Justus ganz be-stimmt helfen."

Aber Axel war längst nicht so ruhig, wie er sich gab, er machte sich große Sorgen und wusste nur eins, er musste den Jungen schnellstens zu einem Arzt bringen. Er besorgte zwei starke, etwa mannslange Äste, zwischen denen er zirka einen Meter lange, kräftige Äste mit Hanfseilen befestigte.

Über das stabile Gestell legte er zwei seiner Ziegenfelle, die er mit kräftigen Hanfseilen an die Trage fixierte.

Es war schon dunkel, als er ihre Festigkeit prüfte, indem er sich selbst drauflegte. Die Trage hielt problemlos, obwohl er deutlich schwerer war als der Junge.

Danach brachte er Ethele einen Becher Wasser von der nahen Quelle mit und bot ihr eine Stulle an, die sie ablehnte und Justus hatte andere Sorgen. Dann gab Axel seinem Hund zu Fressen, gönnte sich selbst ein Bier und aß eine Stulle dazu, wobei er schweigend die zwei jungen, unglücklichen Menschen auf dem Lager betrachtete. Ethele hatte Justus Kopf auf ihren Schoß gebettet, er stöhnte unentwegt, und versuchte ihm etwas Wasser einzuflößen, dann trank sie selbst ein wenig davon. Bevor sich Axel vor dem Kamin zu seinem Hund zum Schlafen niederlegte, warf er noch einmal einen prüfenden, besorgten Blick auf Justus, der ihm gequält zulächelte.

Justus Wehklagen, Jammern und Stöhnen wollte die ganze endlos scheinende Nacht über nicht aufhören. es waren die schlimmsten Stunden, die Justus und Ethele je erlebt haben. Die Hoffnung und den Mut aber verloren sie nicht.

Kaum dass der Morgen graute, befestigten sie die Trage zwischen Justus Schecken, der vorangehen sollte, und dem Muli dahinter, das Axel sein eigen nannte.

„Du reitest mit dem Schecken im Schritttempo voran, Schneeglöckchen", ordnete Axel an. „Ich folge dir mit dem Muli, wobei ich versuchen werde, die Erschütterungen möglichst zu verhindern oder auszugleichen."

„Ja, Mister Axel."

Sie zogen dem stöhnenden Justus ungemein vorsichtig, indem sie ihn etwas aufrichteten, seine Joppe an, stülpten ihm seine Mütze mit den Ohrenklappen über den schweißnassen Blondschopf und die Handschuhe über seine verkrampften Hände. „Sei tapfer, Junge", murmelte Axel dabei voller Mitleid. „Wir bringen dich jetzt zu einem Doc. Bald haben wir es geschafft."

Er trug Justus hinaus, legte ihn auf die Trage und deckte ihn sorgsam mit einigen Felldecken zu. Zu Ethele meinte er, sie solle nur immer auf sein Kommando hören, er wisse den Weg nach Pueblo, es sei eine Kleinstadt in den Bergen. Seinem Hund gebot er, hierzubleiben und die Hütte zu bewachen. Er würde bald zurücksein.

Es war ein langer Weg nach Pueblo, nicht nur für den armen Justus. Nach drei Stunden etwa erreichten sie endlich die Stadt, wo sie ein Ortskundiger zur nächsten Arztpraxis brachte.

Der halb ohnmächtige Justus wurde samt Trage in das Behandlungszimmer des Arztes getragen, wo sich dieser und sein Assistent sofort um den Notfall kümmerten.

Während man Justus in eine Narkose versetzte und ihm die Metallzähne der Falle aus dem Stiefel und aus dem zum unförmig-blutigen Klumpen angeschwollenen Fuß zog, saßen Axel und Ethele im Wartezimmer der Praxis und bangten um ihn. Erst als der Arzt mit Justus erschien, er saß in einem Rollstuhl, war leichenblass, aber halbwegs ansprechbar, der schlimme Fuß war bis zum Knie dick verbunden, flossen bei Ethele die solange tapfer zurückgehaltenen Tränen. Axel meinte sichtlich erleichtert: „Na, Cowboy, was habe ich dir gesagt, so schnell geben wir uns nicht geschlagen, nicht wahr?"

„Nein, Axel", meinte Justus mühsam lächelnd, „das hat der Doc auch gesagt."

„Noch ist nicht alle Gefahr gebannt", schränkte dieser ernst ein. „Der Junge muss ins hiesige Krankenhaus, der Krankenwagen ist bereits unterwegs. Solange würden wir sie bitten, ins Sprechzimmer zu kommen, wo meine Assistentin ihre Personalien aufnehmen wird. Auch die des Jungen, Sie sind ja offensichtlich nicht mit ihm verwandt, oder?

„Nein", meinte Axel und musste grinsen, „ich habe ihn nur hierhergebracht. Das Mädel hier gehört zu ihm."

„Er heißt Justus Timperline und wohnt in Denver", gab Ethele Bescheid, ihr Gesichtchen war nass von Tränen. „Justus Eltern haben dort eine Ranch, nicht wahr, Justus. Wir könnten dich mit der Eisenbahn nach Hause bringen, oder, Mister Axel?"

„Gut gemeint", meinte der Arzt ernst, „aber wie gesagt, vorläufig ist der junge Mann nicht transportfähig, die Gefahr einer Blutvergiftung ist noch zu groß. Wir brauchen den Namen des Jungen und seine Anschrift. Natürlich brauchen wir auch ihre Anschrift, Herr ?

„Axel Holdcamer, Doc. Ich müsste noch vor der Nacht die Kleine heimbringen. Schätze, es ist das Indianerreservat in den Bergen. Es liegt beinahe auf meinem Weg."

„Nein, Mister Axel", meinte Ethele leise, aber bestimmt. „Ich werde hierbleiben, bei Justus. Er braucht mich."

Justus musste bei einer Sprechstundenhilfe seinen Namen und seine Adressen angeben, die sie auf einem Formular notierte. Axels Adresse ließ sich nicht so ohne Weiteres definieren und Ethele wollte die ihre gar nicht verraten.

Als der Krankenwagen kam und Sanitäter hereinkamen, waren die notwendigen Formalitäten so weit wie möglich erledigt.

Man brachte Justus auf einer Bahre hinaus, Ethele und Axel schauten zu, wie er in den Krankenwagen geschoben wurde. Axel fragte: „Wie heißt das Krankenhaus, in das er gebracht wird?" „Sankt-Martin-Hospital", wurde ihm geantwortet. Dann fuhr der Krankenwagen mit Justus weg.

Ethele blickte voll Vertrauen zu Axel auf, er war gut und stark, er hatte Justus in großer Not geholfen und er würde es auch weiterhin tun.

Und weil Stärke nicht von ungefähr kommt, schlug Axel vor, in den Burger-King zu gehen, den er gegenüber der Straße entdeckt hatte. „Danach sieht die Welt schon viel freundlicher aus", versprach er.

Ethele hatte nichts dagegen, auch sie verspürte plötzlich einen großen Hunger.

Sie führten Axels Muli und Justus Schecken über die nur wenig befahrene Straße, banden sie vor dem Burger-King, neben den schon anwesenden Pferden an einen Querbalken und betraten das Lokal.

Der große Raum wirkte nüchtern und kahl mit dem hell gefliesten, sauberen Boden und den weißgetünchten Wänden, die von großen Plakaten mit überdimensional großen Burgern geziert wurden. Einige Arbeiter und Cowboys saßen lässig an blanken Tischen und aßen. Ethele, die noch nie in einem Lokal war, fühlte sich unbehaglich.

Axel steuerte auf einen freien Tisch am Fenster zu, sie setzten sich ohne ihre Jacken auszuziehen auf die Metallstühle.

„Was hältst du von einem Lachs-File mit einer ordentlichen Portion Pommes?", fragte Axel, nachdem er einen Blick auf die große Tafel hinter der langen Theke geworfen hatte.

Ethele nickte, Lachs kannte sie, Pommes nicht.

Alex ging zur Theke und kam gleich darauf mit einem Tablett zurück, auf dem sich zwei große Teller mit Lachs-Filet mit einer Zitronenscheibe obenauf und einem Berg Pommes mit Ketchup befanden, dazu zwei große Plastikbecher Apfelsaftschorle und Plastik-Bestecke. Er stellte es auf dem Tisch ab, setzte sich und legte sofort los.

„Alles gut, Kleine", meinte er aufmunternd, als er sah, dass Ethele argwöhnisch ihren vollen Teller musterte. „Unser Freund ist in guten Händen und wird wieder gesund werden, darauf kannst du dich verlassen. Und wir zwei stärken und erholen uns erst einmal von dem Schrecken, nicht wahr?"

Ethele orientierte sich an Axel, der ohne Umschweife mit der Gabel seinen Fisch zerlegte und ihn mit den Pommes zügig hinter seinen dicken Lippen verschwinden ließ, genauso schnell kippte er den Inhalt seines Bechers hinterher. Als sein Teller leer war, rülpste er und schaute Ethele zufrieden an. Die aber musste sich sehr auf das ungewohnte Ess-Instrument in ihrer Hand konzentriert, mit dem sie versuchte, kleine Stücke vom Filet zu lösen und in den Mund zu balancieren. Die Pommes ließ sie liegen, sie schmeckten ihr nicht, sie waren allzu salzig.

„Schmeckt's', Kleine?", fragte Axel schmunzelnd. Sie nickte und er wartete geduldig, bis auch ihr Teller bis auf die Pommes leer war.

„Nun, Schneeglöckchen", fragte er dann und schaute sie mit seinen gutmütigen Augen freundlich an, „wohin soll ich dich jetzt bringen? Und was machen wir mit Justus Schecken? Eigentlich müssten wir ihn zu seinen Besitzern nach Denver bringen, aber das dürfte ein bisschen zu weit für uns sein, nicht wahr?"

„Wir bleiben hier und warten, bis Justus aus dem Krankenhaus kommt. Es ist sein Pferd."

„Na, wunderbar", meinte Axel belustigt. „Und wie stellst du dir das vor? Sollen wir vor dem Krankenhaus campieren? Ohne Gewehr kann ich nicht einmal jagen. Ich hab' nur meine Pistole dabei, wie du siehst."

„Im Krankenhaus werden wir erfahren, wann Justus wiederkommt, vielleicht schon morgen. Dann reiten wir mit ihm zu deiner Hütte."

„Oh, Mädchen, Mädchen", stöhnte Axel kopfschüttelnd. „Aber okay", lenkte er sofort ein, als er ihr entschlossenes Gesicht sah, „wir fragen im Krankenhaus nach, wie lange er bleiben muss. Sollte es länger sein, was zu befürchten ist, dann bringe ich dich nach Hause, zu deiner Familie. Ich denke, Justus Eltern sind benachrichtigt und werden ihren Sohn, sobald er transportfähig sein wird, abholen. Um ihn brauchen wir uns also nicht weiter zu sorgen. Aber wir könnten für sie im Krankenhaus eine Nachricht hinterlassen, dass sie den Schecken zum Beispiel bei dir im Reservat abholen können. Das wäre doch eine Möglichkeit, nicht wahr, Schneeglöckchen?"

„Danke, Mister Axel, du bist sehr freundlich", meinte Ethele, nachdem sie ein wenig überlegt hatte „Du hast so viel für Justus und für mich getan, aber jetzt komme ich allein zurecht. Im März gehe ich wieder in die Schule, ich glaube, ich bin sogar hier, in Pueblo angemeldet. Justus wird bald aus dem Krankenhaus kommen, ich werde auf ihn warten."

Axel schaute in das überaus zarte und doch so entschlossen wirkende Mädchengesicht, sie nötigte ihm mit ihrem trotzigen Eigensinn gehörigen Respekt ab, aber sie brachte ihn damit auch in eine ziemlich blöde Situation. „Kann es sein, Schneeglöckchen?", meinte er ernst, „dass du nicht nach Hause in dein Dorf kannst, weil man dich verstoßen hat? Weil du mit einem weißen Jungen, nämlich mit Justus ausgerückt bist?"

Als ihn Ethele nur mit ihren schönen, dunklen Augen traurig anschaute, stieg ein heftiger Groll in ihm hoch, ein Groll gegen diesen ignoranten, gottverdammten Indianerstolz, den er nie begreifen würde. „Pfeif drauf, Schneeglöckchen", meinte er bitter lächelnd. „Jetzt fahren wir erst einmal zum Sankt-Martin-Hospital und erkundigen uns, wie es unserem Freund geht. Sollte er länger bleiben müssen, dann kommst du eben ein Weilchen zu mir. Keine Sorge, das kriegen wir schon gebacken."

Im Krankenhaus wurde ihnen gesagt, dass es Justus Timperline den Umständen entsprechend gut gehe und seine Eltern bereits auf dem Weg hierher wären. Axel bat um ein Blatt Papier, worauf er mühsam kritzelte, dass sich Justus Pferd derzeit bei ihm befände. „Es kann an jedem beliebigen Ort", schrieb er, „den sie, Justus Eltern, im Krankenhaus hinterlegen mögen, abgeholt werden. Mit freundlichem Gruß, Axel Holdcamer."

Das Schreiben machte ihm mächtig Mühe, er war ungeübt darin und brauchte eine Weile. Als er endlich damit fertig war und es Ethele zeigen wollte, damit sie es überprüfe, da war sie verschwunden. Er wartete einen Moment, dachte, sie würde gleich wiederkommen, und als sie es nicht tat, wandte er sich an die Schwester hinter der Anmeldung. „Weißt du", fragte er sie, „wo meine Begleiterin, das Indianermädchen, geblieben ist? Ich kann sie nirgendwo sehen, womöglich sucht sie ihren Freund, er heißt Justus Timperline und wurde vorhin hierher gebracht. Womöglich irrt sie durch die Gänge und Stockwerke des großen Hauses. Übrigens nenne ich sie Schneeglöckchen."

Die Schwester zögerte einen Moment, dann griff sie zum Haustelefon und gab stirnrunzelnd die Meldung durch: „Schneeglöckchen möge sich bitte auf der Station, auf der sie sich gerade befindet, melden. Dort wird man sie abholen und zu ihrem Freund bringen. Alleine wird sie ihn nicht finden!"

„Abwarten", meinte sie zu dem sichtlich beunruhigten dunkelhäutigen Mann. „Wenn sie hier ist, dann wird man sie auch finden."

Dann endlich ein Anruf, die Schwester nahm ihn entgegen. „Die Kleine ist gefunden", meinte sie zu Axel und legte den Hörer auf die Gabel zurück. „Sie ist bei ihrem Freund, dritter Stock, Abteilung Chirurgie, Zimmer 308. Sie können den Aufzug nehmen, Herr..."

„Holdcamer", meinte Axel und eilte zum Aufzug.

Im Zimmer 308 gab es vier Betten, die längs in den Raum standen. Im zweiten Bett lag Justus, noch benommen und mit müden Augen. Er hatte ein weißes Krankenhaushemd an, unter seiner Decke kam sein rechtes, bis zum Knie eingegipstes Bein hervor. Vor dem Bett stand Schneeglöckchen und strahlte ihm entgegen.

„Hallo, Axel", murmelte Justus und versuchte sein altes Schelmenlächeln. „Prima, dass ihr da seid. Es geht mir gut. Die Schmerzen sind wie weggeblasen."

„Hallo, Cowboy", meinte Axel und versuchte seine Rührung hinter einem barschen Ton zu verbergen. „Junge, Junge, es tut echt gut, dich ohne Wehklagen zu sehen. Wie sieht es aus, wie lange musst du hierbleiben?"

„Ein paar Tage vielleicht. Sie wollen sehen, ob sich die Wunde entzündet, Infektion oder sowas. Sie meinen, sie sei doch ziemlich verdreckt gewesen. Werdet ihr auf mich warten, Axel?"

„Eher nicht, Justus. Deine Eltern sind schon unterwegs, sie werden dich wohl mit nach Denver nehmen."

„Kann Ethele solange bei dir bleiben, Axel, bis ich sie holen kann? Es wird nicht lange dauern, das verspreche ich. Du bleibst doch so lange bei Axel, Ethele, nicht wahr? Versprichst du mir das?"

Axel nickte. „In was nur lasse ich mich da ein", überkam es ihn, aber hatte er eine Wahl? Ethele versprach, bei Mister Axel auf Justus zu warten, so dieser damit einverstanden sei.

„Auch wenn es etwas länger dauern sollte?", vergewisserte sich Justus. Etheles Augen füllten sich wieder mit Tränen, die langsam ihre Wangen hinab wanderten.

Axel war damit einverstanden, natürlich, er konnte nicht anders. Seine Natur gestattete ihm nicht, diese Kinder im Stich zu lassen, auch wenn es nicht besonders klug sein sollte. Er gab Justus den mühsam beschriebenen Zettel und bat ihn, ihn seinen Eltern zu geben.

Wenn er gewusst hätte, in was er sich da einlässt, dann hätte er ganz sicher nach einer anderen Lösung gesucht.

„Wie hast du Justus überhaupt in dem großen Haus finden können, Schneeglöckchen?", fragte Axel auf dem Weg nach draußen.

„Da war ein freundlicher, weiß gekleideter Mann", antwortete Ethele, „den habe ich nach Justus Timperline gefragt, er hat mich zu ihm geführt. Aber warum nennst du mich immer Schneeglöckchen?"

Axel schmunzelte. „Na, wegen deines silberhellen Stimmchens natürlich, und wegen deines reinen Gemüts."

Justus ließ auf sich warten und Ethele ging es ohne ihn nicht gut. Sie fühlte sich schlecht, so dass sie im März nicht nach Pueblo in die Schule gehen konnte. Manchmal blieb sie auf dem Lager, das Axel für sie gebaut hatte, liegen, weil ihr übel war. Wenn Axel nach seinen Fallen schaute oder sonst unterwegs war, blieb Wotan, sein großer Hund, der sich schon sehr an Ethele gewöhnt hatte, bei ihr.

Lakota und Abdolo besuchten nun schon das vierte Jahr die Abraham-Lincole-Schule in Denver. Danach, wenn alles gut gehen würde, konnten sie sich in weiterführende Schulen einschreiben lassen, in Kansas City oder St.-Louis zum Beispiel.

Lakota vermisste seine Schwester sehr, ihretwegen hatte er ein schlechtes Gewissen, weil er, wie er glaubte, nicht genügend auf sie aufgepasst hatte. Natürlich kam auch Justus Timperline nicht mehr in die Schule, der Feigling traute sich schlicht nicht, schließlich hatte er sein Vertrauen schmählich missbraucht und seine Schwester entführt, wer weiß, wohin und wie es ihr geht. Justus Timperline wusste sehr wohl, dass Lakota ihn, sobald er seiner habhaft werden würde, zum Zweikampf herausfordern und töten würde.

Wochenlang hatten sie nach Ethele und ihrem Entführer gesucht, dann mussten sie aufgeben, der Wald schien die beiden spurlos verschlungen zu haben.

Aber dann erzählte Robert Wineberg eines Tages, dass sein Freund Justus Timperline schwerkrank in einem Denver Krankenhaus liege und um sein Leben kämpfe.

Lakota fragte ihn im unbefangenem Ton aus, was ihm denn fehle und in welchem Krankenhaus er liege, er würde gerne einmal den früheren Klassenkameraden besuchen und so weiter.

Robert hatte keine Bedenken ihm alles zu erzählen, was er wusste: „Komm' doch einfach mit", meinte arglos. „Vielleicht morgen nach der Schule. Er wird sich bestimmt über deinen Besuch freuen."

Robert war ein netter Kerl, groß, blond, schlaksig, pickelig und sympathisch tollpatschig. Am nächsten Tag nach der Schule fuhren sie zusammen mit der Straßenbahn durch die halbe Stadt zum Hl.-Christopher-Krankenhaus. Abdolo wollte nicht mitkommen, einen Verräter zu besuchen, egal wie krank er auch sein mochte oder gar im Sterben lag, war ihm nicht möglich.

Im Krankenhaus ignorierten sie den Aufzug und rannten die zwei Stockwerke zur Chirurgie hinauf. Robert klopfte kurz und energisch an die Tür mit der Nummer achtzehn, er kannte sich hier schon aus, dann gingen sie ohne eine Antwort abzuwarten hinein.

Im Krankenzimmer war es halbdunkel, die Deckenleuchten waren noch nicht eingeschaltet. Aus den drei in den Raum stehenden Betten schauten ihnen bleiche Gesichter entgegen. Robert ging zum Bett am Fenster. „Hallo Justus", meinte er forsch, „schau, wen ich dir mitgebracht habe. Es ist Lakota, unser alter Schulkamerad."

Lakota schaute in ein abgemagertes Gesicht, fast hätte er den frechen, witzigen, vorlauten Jungen nicht mehr erkannt, der noch im letzten Jahr die Lehrer und die ganze Schule auf Trab gehalten hatte.

„Hallo, Justus", meinte er ruhig. „Hab' gehört, es geht dir nicht besonders."

Eins wurde Lakota sofort klar, der da im Bett war kein Gegner, den man bekämpfen konnte. Jedenfalls nicht in absehbarer Zeit.

In Justus Augen kam Leben. „Hallo, Lakota, meinte er leise, „gut dich zu sehen. Ich muss mit dir reden, unbedingt." Er schaute Robert bittend an. „Allein."

Robert verstand. „Okay", meinte er, „ich geh' solange raus. Soll ich etwas zu Trinken mitbringen?"

„Das wäre fein, Robert", meinte Justus und Robert ging.

„Ich weiß, du bist böse auf mich, Lakota", meinte Justus bedrückt. „Aber glaub' mir, ich konnte nicht anders, das musst du mir glauben. Aber jetzt brauche ich dich, wegen Ethele. Ich habe sie seit dem Unfall nicht mehr gesehen."

„Wo ist sie, Justus? Wo hast du sie hingebracht? Wie geht es ihr?"

„Du wirst ihr helfen, Lakota, nicht wahr? Das musst du mir versprechen. Ich kann hier nicht weg, wie du siehst, sie haben mir das halbe Bein abgenommen. Sie sagen, der Fuß wäre brandig gewesen, zu viel Dreck in der Wunde und wer weiß, was sonst noch alles. Wenn ich hier raus bin, werde ich dich brauchen, Lakota." Justus schwieg, das hastige Sprechen strengte ihn an, dann schaute er Lakota beschwörend an und fuhr hastig fort: „Wir werden mit dem Zug nach Pueblo fahren, von dort aus finde ich den Weg durch den Wald, auch wenn ich damals, als sie mich zu einem Doc brachten, halb verrückt vor Schmerzen war. Aber du musst mir dabei helfen, Lakota. Du musst mir helfen, wegen Ethele, deiner Schwester. Sie ist bei Axel, einem Fallensteller, einem wirklich lieben Mann. Ich hoffe, sie ist noch bei ihm, ich weiß es nicht. Ich mache mir große Sorgen um sie.

„Wenn du mir sagst, wo ich sie finden kann, Justus, dann werde ich sie auch alleine finden", meinte Lakota und wusste doch, dass er jetzt, während des Schuljahres, unmöglich wegkonnte von hier. Außerdem, wo sollte er Ethele hinbringen, der Stamm hatten sie ja verstoßen.

„Wenn ich hier raus bin, es kann nicht mehr lange dauern, dann finden wir den Weg zusammen, Lakota. Wirst du mir helfen?"

„Natürlich, Justus. Aber werde erst einmal gesund."

Robert kam mit drei Becher Wasser herein und stellte sie auf den Beistelltisch neben dem Bett ab. „Alles klar?", fragte er. „Habt ihr alles besprochen?"

Von nun an fuhr Lakota jede Woche in das Hl.-Christopher-Krankenhaus und besuchte Justus, der sich überraschend schnell erholte. Im Frühsommer konnte er schon auf Krücken mit Lakota in die Cafeteria gehen und später auf den welligen, gepflegten Wegen der Grünanlage des Krankenhauses neben Lakota einher humpeln. Sie ruhten sich unter schattigen Laubbäumen auf Bänken aus, lauschten dem Raunen der Baumkronen und dem Vogelgezwitscher und Justus redete sich alles von der Seele, was ihn bedrückte. Wie sehr er Ethele liebe, dass sie keinen Plan hatten, damals, als sie weggingen, es war spontan gewesen, sie wollten nur zusammen sein, frei sein von allen Zwängen und Regeln der Familien. Ja, sie waren glücklich und frei und hatten nicht an morgen gedacht.

Lakota hörte geduldig und schweigend zu, ihm tat der Freund leid.

Der Freund? Nein, Justus hatte Ethele, der Großmutter, den Eltern und dem ganzen Stamm, auch ihm viel zu viel angetan, als dass er jemals ein Freund sein konnte. Nur eins wurde Lakota bewusst, entführt hatte Justus seine Schwester Ethele nicht.

Es wurde November, Lakota und Abdolo nahmen endgültig Abschied von der Schule und ihren Lehrern. Rektor Smith hielt in der Aula eine ergreifende Abschiedsrede und Frau

Pommerfield überreichte ihren Schülern sichtlich gerührt ein Abschluss-Zertifikat.

Dann standen sie draußen, vor dem ornamentengeschmückten Portal der Schule, die Lederbeutel mit ihren Habseligkeiten auf den Rücken und einem vagen Gefühl des Bedauerns im Bauch.

Da sahen sie Justus auf einer Krücke gestützt über die Straße kommen, auch er trug einen Rucksack und unübersehbar an der Wölbung seine Joppe an der rechten Seite zu sehen, einen Revolver.

„Na, endlich, da seid ihr ja", meinte er munter. „Wenn wir uns tummeln, erreichen wir noch den fünfzehn Uhr dreißig Zug nach Pueblo. Wir nehmen die Straßenbahn zum Bahnhof. Ich bin zurzeit nicht besonders gut zu Fuß, wie ihr wisst."

„Scherzkeks", meinte Abdolo, der inzwischen von Lakota über die Gegebenheiten aufgeklärt worden war. Dann machten sie sich auf den Weg.

Am Bahnhof von Pueblo verabschiedete sich Abdolo von ihnen, er wollte nach Hause, zum Dorf seines Stammes und zu seinem Wolf. Dass es schon dunkelte, störte ihn wenig, er fand den Weg auch im Finstern, oft genug war er ihn mit Lakota und Ethele gelaufen. Er hoffte nur, dass ihn auf der Landstraße ein Auto ein Stück mitnehmen würde.

Lakota und Justus suchten sich außerhalb der Stadt einen Heuschober zum Übernachten. Morgen früh mussten sie

150

sich erst einmal Pferde besorgen. Justus hatte etwas Geld dabei.

Der Morgen war kalt und neblig, als sie sich, Justus flott auf seiner Krücke humpelnd, zur Ranch begaben, deren Ziegeldächer nicht weit entfernt zu sehen waren.

Als sie dort ankamen, saßen die Rancher gerade beim Frühstück, sie wurden freundlich dazu gebeten und nach ihrem Woher und Wohin gefragt.

„Wir sind auf der Suche nach meiner Schwester", antwortete Lakota wahrheitsgetreu. „Wir vermissen sie seit Langem." Dann fragten sie, ob sie zwei Pferde bekommen könnten. Man wolle sie kaufen, es müssten nicht die allerbesten sein.

Bald darauf ritten sie auf zwei nicht mehr ganz jungen, aber wohlgenährten Gäulen, die auf der Ranch wohl keiner vermissen würde, Richtung Berge. Seine Krücke hatte Justus seitlich an seinen Sattel befestigt.

Immer, wenn seine Orientierung versagte, fand Lakota Spuren eines selten benutzten Trampelpfades und so standen sie schließlich gegen Mittag vor einem verschwiegenen, dunklen See, an dessen Ufer, etwas zurückgesetzt das kleine Blockhaus stand, von dem Justus erzählt hatte.

Lakota zügelte sein Pferd. „Irgendwas stimmt hier nicht", meinte er mit gesenkter Stimme: „Die Tür steht etwas offen." Sie stiegen ab und banden die Pferde an einem Baumstamm.

Justus war wie elektrisiert. Sie pirschten sich seitlich, durch die Stämme an die Hütte heran. Lakota hatte plötzlich ein Messer in der Faust, er lugte durch eins der Fenster, auch Justus entsicherte seinen Revolver. Sie hörten einen Hund winseln, gleich darauf kam er aus der Hütte gelaufen, er legte sich winselnd vor Justus nieder.

„Was ist los, Wotan?", murmelte Justus heiser, er spürte, wie sich sein Herz angstvoll zusammenzog.

Lakota aber war schon bei der Hüttentür und schob sie mit dem Fuß langsam auf, in der rechten Hand hielt er kampfbereit seinen Dolch.

In der Hütte hatte unübersehbar ein erbitterter Kampf stattgefunden, es herrschte ein unbeschreibliches Chaos. Zwischen zerschmetterten Stühlen, Tiegeln, Anglergeräten lag Axel, hingestreckt wie ein gefällter Baum. Seine Kehle zeigte eine dunkle, querverlaufende, verkrustete Spur, sein Kopf umgab eine eingetrocknete, rostbraune Blutspur, seine gebrochenen Augen standen offen und blickten ins Leere.

Auf dem Lager unter einem der Fenster aber lag Ethele. Ihr besticktes Baumwollkleid und das Fell, auf dem sie lag, waren dunkel von ihrem Blut, das zarte Gesicht war seltsam friedlich, das dunkle Haar lag wirr um ihren Kopf, in ihrem Arm lag ein wimmerndes, in Windeln gepacktes Kindchen. Es lebte, inmitten des Chaos und des Todes lebte es.

Justus ließ seine Krücke fallen, humpelte zum Lager und fiel davor auf die Knie. Er spürte Lakota neben sich, auch er kniete, er hob beide Arme und hub mit langgezogenen, anklagenden Tönen einen beschwörenden Sprechgesang an, der Justus erschauern ließ. Er glaubte die Geister und Ahnen der Indianer, die Lakota beschwor, zu spüren. Aber der Gesang tröstete ihn auch in seinem Entsetzen, in seiner verzweifelten Trauer um Ethele, deren liebe Stimme für immer verstummt sein würde und deren wunderschönen Augen ihn nie mehr ansehen würden. Er fasste nach ihrer kleinen Hand, sie war entsetzlich kalt, dann richtete er sich auf und löste das Kind aus ihrem starren Arm.

Lakota hörte mit seinem schauerlichen Sprechgesang auf. Er verharrte eine Weile, so als wäre er weit weg und würde nur widerwillig in die schauerliche Wirklichkeit zurückfinden. Als er sich erhob, schien er um Jahre gealtert, sein Gesicht war wie aus Stein gemeißelt. Er trat zu dem toten Mann am Boden, neben dem der Hund saß, und fragte mit völlig veränderter Stimme: „Wer ist er?"

„Es ist Axel", meinte Justus, er schaukelte das Kind sanft in seinen Armen, ohne dass es ihm bewusst war. „Der gute Axel. Er hat Ethele beschützt. Er hat sie mit seinem Leben verteidigt. Wer hat das getan, Lakota? Wer hat ihnen das angetan?"

„Es muss erst vor Kurzem passiert sein", überlegt Lakota, „das Kind lebt ja noch. Wir müssen uns darum kümmern, es ist Etheles Kind. Die Mörder suchen wir, wenn es in Sicherheit ist. Ich schwöre, Justus, bei meinen Ahnen und meiner toten Schwester, ich werde nie aufhören, nach ihnen zu suchen. Und wenn ich sie gefunden habe, dann werden sie sich wünschen, nie geboren zu sein."

„Ich werde dir dabei helfen, Lakota, bei allem, was mir heilig ist."

Es war ein Schwur, ein Gelöbnis, dass sie sich in dieser schrecklichen Stunde gaben und sie für immer verbinden sollte.

Am lichten Hang huben sie mit Schaufeln, die sie hinter der Hütte gefunden hatten, zwei Gruben aus. Sie waren gen Osten gerichtet, der See und der Wald lagen gut überschaubar zu ihren Füßen. Sie wuschen am See den Toten das Blut von den Gesichtern, hüllten sie in Laken und trugen sie zu den Gruben. Sie setzten sie aufrecht hinein, so dass ihre Gesichter gen Osten zeigten, dorthin, erklärte Lakota, wo jeden Morgen die Sonne ihren Weg über das Firmament beginnt. „Sie wird", meinte er, „mit ihrem Licht und ihrer Wärme die Gräber Tag für Tag bescheinen, so wie sie seit jeher die Erde erwärmt hat und fruchtbar werden ließ. Sie wird es in Zukunft und für alle Zeiten tun."

Wotan, der Hund, folgte ihnen auf Schritt und Tritt und beobachtete jede ihrer Handlungen.

Bevor sie die Gruben zuschaufelten, zuschaufeln mussten, empfahl Lakota die Schwester den Göttern und den Ahnen, sie mögen sie, auch wenn sie gefehlt haben sollte, gnädig in ihrer Mitte aufnehmen. Auch der schwarze Mann, der für sie sein Leben gab, hat einen ehrenvollen Platz in den ewigen Jagdgründen verdient. Er sei ein guter Mensch gewesen. Lakota gelobte, nicht zu ruhen, bis ihre Mörder gefunden seien und sie ihre gerechte Strafe empfangen haben würden.

Justus ließ seinen Tränen freien Lauf, aber lindern konnte das seinen Schmerz nicht, im Gegenteil.

Als die Gräber zugeschaufelt waren, mit einem kleinen Hügel darauf, da hörten sie in der Hütte das Kind weinen. Das Leben, und sei es noch so winzig und schwach, verlangte nach seinem Recht.

In der Hütte betrachtend Lakota unschlüssig das schreiende Kind. „Auf jeden Fall braucht es Milch", fiel ihm ein. Zu Justus gewandt, der nicht so aussah, als könne er eine große Hilfe sein, meinte er: „Ich hab' vorhin Ziegen herumstreunen sehen, Axel hielt sich wohl welche. Sieh zu, dass du eine fängst und herbringst, Justus. Wir brauchen Milch für das Kind."

Justus versuchte sich zu besinnen. „Natürlich, Lakota", murmelte er und verließ auf seine Krücke gestützt die Hütte.

Während Justus auf Ziegenjagd ging und trotz seiner Behinderung eine fasste, sie waren halb zahm und gaben auch Milch, wie sich herausstellte, wickelte Lakota das Kindchen aus seinen schmutzig nassen Windeln, wobei er feststellte, dass es ein Mädchen war. Danach suchte er, aufmerksam von Wotan beobachtet, im Chaos nach irgendwas, womit man ein Kindchen einwickeln konnte. Er fand eine Kiste, in der sich allerlei Baby-Kram, wie Waschtücher, Babypuder, Milchfläschchen mit Sauger, eine Dose Trockenmilch und auch ein Stapel Windel befanden. „Ethele hat gut für das Kind gesorgt", dachte Lakota und wieder wollte ihn die Trauer übermannen und seine Brust sprengen. Das jammernde Kindchen jedoch ermahnte ihn zur Eile.

Justus kam zurück, er hatte in seiner Wasserflasche ein wenig Ziegenmilch gesammelt.

„Wir haben Milchpulver, Justus. Geh' zur Quelle, die wir vorhin gesehen haben, spül darin die Flasche aus und bring ein wenig Wasser mit.

Justus humpelte mit der Wasserflasche wieder davon.

Lakota aber befeuchtete am See eines der Tücher, die er in der Kiste gefunden hatte, und säuberte damit das leise quäckelnde Kindchen so gut es eben ging. Als Justus mit dem Quellwasser zurückkam, schafften sie es, sich gegenseitig helfend und beratend, das Kindchen sauber und ordentlich in Windeln zu verpacken. Es jammerte danach immer noch, auch als Justus es in seinem Arm wiegte. „Es hat Hunger, Lakota", vermutete er. „Beeil dich bitte".

Lakota beeilte sich, aber ein Babyfläschchen zuzubereiten verlangte größte Sorgfalt. Er versuchte sich zu erinnern, wie es die Frauen im Dorf gemacht haben. Er fand eine dicke, noch brauchbare Kerze im Chaos, zündete sie mit den Zündhölzern, die er vor dem Kamin fand, an, füllte etwas Quellwasser in das Babyfläschchen, erwärmte es über der Flamme der Kerze, bis es seiner Meinung nach warm genug war, dann schüttete sorgsam, damit nicht zu viel danebenging, Milchpulver dazu, zog den Sauger über den wulstigen Rand des Fläschchens und schüttelte es, bis das Pulver darin aufgelöst war. Justus, der ihm ungeduldig zuschaute und das Kindchen auf seinem Arm sachte wiegte, durfte sich auf einen Stuhl setzten, den Lakota für ihn aufgestellt hatte, und dem Kindchen das Fläschchen geben. Das Kind saugte gierig, aber vergebens, das Loch im Sauger war wohl zu klein, es musste etwas vergrößert werden. Als dies gemacht war, klappte es, das Kind saugte tüchtig und der Inhalt des Fläschchens verringerte sich langsam. Dann schlief das Kindchen in Justus Armen ein. Fast wollte den beiden Vätern, sie fühlten, dass sie es waren, ein Glücksgefühl beschleichen, aber dann sah Justus, als er das Kindchen vorsichtig auf die Bettstatt legte, Etheles verkrustetes Blut darauf und wieder wollte ihn ein unsäglich verzweifelter Schmerz überwältigen.

Nichtsdestotrotz verspürten sie bald einen nagenden Hunger. Justus erinnerte sich, dass sich ein Stück entfernt im Wald Axels Räucherkammer befand, in der er sein erbeutetes Wild und die Karpfen und Lachse räucherte. Daneben hatte er in einer Erdhöhle Kisten mit Bier gelagert.

Sie fanden die Räucherhütte unberührt, die Mörder hatten sie nicht entdeckt. Gut beladen kehrten sie in die Hütte zurück und stellten leise, um das schlafende Kindchen nicht zu wecken, die Bank auf. Am Tisch waren zwei Beine weggebrochen, er war nicht mehr zu gebrauchen. Sie aßen sich am geräucherten Fisch satt und tranken dazu Axels starkes Bier. Danach bekam Wotan seinen Teil ab.

Aber als der Hunger gestillt war, überfiel sie wieder eine wilde, hilflose Trauer um Ethele, „Weshalb mussten sie sterben?", fragte Justus verzweifelt. „Es wurde nichts geraubt, nur blindlings gewütet und gemordet. Warum, Lakota? Was haben sie getan."

„Möglicherweise weil Axel ein Farbiger war und Ethele eine junge Squaw? Oder es war ein Racheakt, wir kennen Axels Vergangenheit nicht und warum er so zurückgezogen lebte. Oder es war nur reine Mordlust. Wir kriegen es heraus, Justus, aber zuerst müssen wir das Kind gut unterbringen. Du kannst es nicht mitnehmen auf die Ranch deiner Eltern, für so eine lange Reise ist das Baby noch zu klein. Ich selbst kann mich auch nicht darum kümmern, ich weiß nichts von Kindern, wir müssen für das Baby eine Bleibe finden. Wenn ich eine gute gefunden habe, werde ich es dich wissen lassen, Justus. Wirst du mir helfen, Etheles und Axels Mörder zu finden? Wirst du da sein, wenn ich dich brauche?"

Justus stand auf und sagte feierlich, indem er Lakota, der gleichfalls aufgestanden war, ernst in die Augen schaute: „Ich werde da sein, Lakota, wenn du mich brauchst, das verspreche ich. Wenn du zu mir kommen willst, auf die Ranch meiner Eltern, dann sei mir und meiner Familie wie ein Bruder willkommen. Du bist Etheles Bruder, die ich nie vergessen und immer lieben werde, und so bist du auch mein Bruder. Wo du auch sein wirst, Lakota, wenn du mich brauchst, werde ich an deiner Seite sein."

Sie umarmten sich, Lakota wusste, Justus würde Wort halten. Der Schock dieses schrecklichen, gemeinsamen Erlebnisses hatte sie zusammengeschweißt, für immer. Und die Verantwortung für das kleine Mädchen.

Sie schliefen ein paar Stunden, es war ein seichter, unruhiger Schlaf, das Messer und der Revolver lagen griffbereit neben ihnen, der Hund lag wachend vor der Tür. Beim ersten Morgendämmern wickelten und fütterten sie das Kindchen, so gut sie es eben vermochten. Sie füllten das Babyfläschchen für die anstehende Reise mit dem erwärmten Quellwasser und dem Milchpulver, packten es mit etwas Dörrfisch, die Dose mit dem Milchpulver und einiges an Windeln in Lakotas Lederbeutel.

Als sie aus der Hütte traten, stand ein Maulesel vor der Tür. „Er gehörte Axel", erinnerte sich Justus.

Sie gingen hinauf zu den Gräbern, legten markante Felssteine auf die niederen Hügel und verweilten im Gedenken an Ethele still davor. Aber nach einer Weile mussten sie gehen. Mit schweren Herzen und Schritten, Justus auf seiner Krücke gestützt, gingen sie zu den Pferden. Sie banden das Maultier an Justus Pferd, die Krücke an seinen Sattel, dann saß Justus auf und Lakota legte ihm das schlafende Baby in die Arme. Danach schwang sich Lakota selbst in den Sattel und ritt Justus voran, auf demselben Weg zurück, auf dem sie gestern gekommen waren. Der Hund Wotan trottete hinter ihnen her.

Auf halbem Wege wurde das Kind unruhig, es quängelte. Sie legten eine Rast ein, wickelten das Baby in saubere Windeln und gaben ihm das vorbereitete Fläschchen zu trinken. Dann übernahm Lakota das Kind, er wollte mit ihm zum Arkansas-River und von dort aus nach Salina, einer wohlhabenden Stadt, wie er gehört hatte.

„Vielleicht", meinte er, „gibt es dort eine Kinderheimstätte oder eine barmherzige Seele, die in der Lage und bereit ist, unser Kind aufzunehmen. Sei unbesorgt, Justus, ich werde jemand finden. Goodbye, mein Freund, wir hören voneinander."

Justus schaute ihm nach, wie er gemächlich zwischen Bäumen und Büschen verschwand. Der Hund zögerte zuerst, dann trottete er hinter Lakota her.

Justus aber ritt weiter, nach Pueblo, von dort aus würde er mit der Eisenbahn nach Denver, nach Hause fahren.

Wer seinen Zorn bezwingt,
hat seinen Feind besiegt.

Bittersüß ist die Rache

Lakota bemerkte besorgt, dass aus dem Schlauch, mit dem vom Corrado-Flüsschen her Wasser geleitet wurde, kein einziger Tropfen mehr kam. Es hatte seit längerem nicht geschneit oder geregnet, was in dieser Jahreszeit eher ungewöhnlich war, aber das Gras in der Senke war wegen des hohen Grundwassers und der relativen Wärme des Bodens, er vereiste im Winter nur wenig, relativ saftig. Der Herde ging es gut, nur würden sich die Tröge ohne Wasserzufuhr schnell geleert haben. Er musste der Ursache auf den Grund gehen.

Lakota ritt die Senke hinauf, sein Hund Wotan folgte ihm. Oben schaute er zur Herde zurück, sie war in gewisser Weise auch seine Herde, denn er hatte die Rinder von ihrer Geburt an betreut und tat es gewöhnlich bis sie nach etwa zwei Jahren auf einem der im Umkreis liegenden Viehmärkte zu einem guten Preis verkauft wurden. Die drei Hütehunde, die die Herde pflichtbewusst und aufmerksam umrundeten, würden es mit jedem Wolf aufnehmen, der es wagen sollte, sich der Herde zu nähern. Kein Problem, sie eine Weile mit ihr alleine zu lassen.

Der Schlauch verlief ziemlich gradlinig, oftmals von größeren Steinen gesichert, etwa zwei Yards hin zum Fluss, worin er auf einem stabilen Holzgerüst, das ein Versanden verhindern sollte, ein Stückweit verschwand.

Genau dort fand Lakota die Ursache des Übels, Teile des Holzgestells lagen verstreut herum, der Schlauch war durchtrennt, nicht etwa durchnagt, wie von einem Biber, sondern sauber mit einer Klinge durchschnitten.

Lakota wurde unruhig. Zwar gab es in all den Jahren, in denen er nun auf der Walker-Ranch arbeitete, keinen einzigen Übergriff, aber diese Sache hier roch gewaltig nach einer Falle. Sollte er von der Herde weggelockt worden sein? Nun, wenn dem so sein sollte, dann werden die Hunde Alarm schlagen, die Boys würden es hören und nach dem Rechten schauen.

Notdürftig fügte er das Holzgerüst zusammen und verankerte den Schlauch darauf, er reichte gerade so noch ins Wasser hinein. Das musste vorläufig halten, bis man es richtig in Ordnung bringen würde.

Es dunkelte schon, als er zur Senke zurückkam, aber was er dort vorfand, konnte er zuerst nicht glauben, sie war leer, die Herde war weg, verschwunden, nur noch einige wenige Rinder standen verloren darin herum. Die Hunde lagen leblos im Gras. Sie mussten tot sein.

Lakota brauchte einen Moment, um sich zu fassen. Eine unbändige Wut gegen sich selbst erfasste ihn. Er hatte sich hereinlegen lassen, man hatte ihn von der Herde weggelockt, um sie in aller Ruhe wegtreiben zu können.

Noch war die Spur der Herde frisch, sie führte in nordwestlicher Richtung aus der Senke hinaus, stellte er fest. Es war noch hell genug, um ihr problemlos zu folgen, was sich aber schnell ändern würde. Die Viehdiebe hatten einen ungefähren Vorsprung von drei, höchstens vier Stunden, das war nicht viel. Er würde sie schnell eingeholt haben.

Lakota verlor keine Zeit und folgte umgehend der Spur der Herde. Sein Hund nahm ihre Witterung auf und lief seinem Herrn schnüffelnd voran.

Nach einiger Zeit bemerkte Lakota, dass ihm jemand folgte, er zügelte seinen Rappen und wartete.

Beinahe hatte er es erwartet, es war Nadja. Als sie näher kam und ihr Pferd zügelte, fiel ihm wieder einmal schmerzlich die Ähnlichkeit mit ihrer Mutter auf. Zwar war Nadja nicht so feingliedrig, wie sie es gewesen war, auch ihr Teint war deutlich heller, dennoch, die Ähnlichkeit mit ihr war frappierend.

Niemand außer Justus wusste, dass sie die Tochter seiner ermordeten Schwester Ethele war, aber Lakota war klar, einmal musste es Nadja wissen und auch die Walkers, die sie wie eine Tochter aufgenommen und aufgezogen haben. Oh ja, Lakota hatte allen Grund, ihnen dankbar zu sein, und doch tat es ihm weh, zu sehen, wie Nadja wie eine Weiße erzogen wurde und wie eine solche aufwuchs.

„Gut, dass du kommst, Nadja", meinte er jetzt, „Du hast es auch gesehen, nicht wahr? Die Herde ist weg, gestohlen. Ich werde die Diebe stellen und die Herde zurückbringen. Du

reitest zurück und gibst unseren Leuten Bescheid. Sag ihnen, die Herde wird morgen wieder in der Senke sein."

Nadja schaute Lakota unentschlossen an, er schickte sie
weg? Er wollte es allein mit den Viehdieben aufnehmen?
Sie kannte ihn gut genug, um zu wissen, dass Widerspruch
in diesem Fall zwecklos war, er würde darauf bestehen. Sie
wendete also wortlos ihr bunt-scheckiges Pferd und ritt ohne
Eile zurück.

Lakota, der sie besser kannte als sonst ein Mensch, rief ihr
nach: „Sie müssen Bescheid wissen, Nadja. Ich verlasse
mich auf dich."

Nadja war ein sehr eigenwilliges Mädchen und ganz geprägt
von den Weißen. Was sie von den Indianern wusste, das
wusste sie von Lakota, er erzählte oft von ihren Traditionen,
ihren Göttern, Geistern und Ahnen. Nadja war beeindruckt
von diesen Geschichten, auch weil Lakota sie sehr lebendig
erzählte. Von dem Stamm und dem Dorf in den Bergen, das
es nicht mehr gab, weil ein Hurrikan es zerstört hatte, wusste sie nichts, darüber schwieg Lakota. Er war Nadja ein
Vorbild, ein Lehrer und ein Idol.

Als Nadja mit Gerry und seinem German-Girl bei der Herde
angekommen war und Lakota nicht antraf, war sie enttäuscht gewesen und wollte auf ihn warten. Die verdächti-
gen Spuren waren nur ein Vorwand gewesen, -von Pferden
zertrampeltes Gras war hier üblich und nicht verdächtig- sie
wollte bleiben und auf Lakota warten. Als er nicht kam,
hatte sie sich auf die Suche nach ihm gemacht.

Es dunkelte bereits, als sie glaubte, ein leises Beben und ein dumpfes Grollen, wie von einer Brandung oder von hunderten Hufen verursacht, wahrzunehmen. Beunruhigt hatte sie sich sogleich auf den Weg zur Senke gemacht.

Am Rande der Senke hatte sie im Dämmerlicht gesehen, wie sich die Herde wie eine große Woge aus der Senke wälzte, halblaute Rufe waren zu hören und das Knallen und Zischen von Peitschen. Was geschah da? Wo war Lakota, wo waren die Hunde? Hatte man sie umgebracht?

Nadja war außerstande gewesen, irgendetwas zu unternehmen, was hätte sie auch tun können? Sie schaute zu, wie sich die Herde und das verhaltene Rufen und Peitschenknallen entfernte. Als nichts mehr zu hören und zu sehen war, war sie langsam in die Senke hineingeritten, in der nur noch ein paar vergessene Rinder standen, die Hunde lagen leblos auf dem Boden und gaben keinen Ton von sich. Hatte man sie umgebracht? Hatte man Lakota umgebracht?

Nadja war unfähig, abzusitzen oder einen logischen Gedanken zu fassen, nur einer beherrschte sie: *Lakota darf nicht tot sein.* Seine Worte kamen ihr in den Sinn, sich niemals von der Angst beherrschen zu lassen, bei Gefahr, und sei sie noch so groß, tief ein- und aus zu atmen, um nicht in Panik zu geraten und logisch denken und reagieren zu können. Nadja versuchte tief die kühle Nachtluft ein- und auszuatmen, der Panzer um ihrer Brust lockerte sich tatsächlich ein wenig und sie konnte wieder einigermaßen klar denken. Sie wollte sich zur Hütte aufmachen, um Onkel Karl und die anderen zu holen, als sie oben am Rande der Senke die Silhouette eines Reiters sah, es war Lakota, das spürte sie mehr, als sie es sehen konnte. Lakota lebte, wie konnte es auch anders sein? War er nicht unverwundbar, unsterblich? Als er in Richtung der verschwundenen Herde wegritt, war sie ihm gefolgt.

Lakota aber folgte, als Nadja verschwunden war, weiter der Spur der Herde. Als dunkle Wolken den Mond verfinsterten, konnte er nicht mehr viel erkennen, aber in circa einem Yard Entfernung sah er den schwachen Schein eines Lagerfeuers, er hatte die Viehdiebe und die Herde eingeholt. Lakota saß ab und wartete auf Nadja, denn dass sie ihm seit geraumer Zeit wieder in einigem Abstand folgte, dass hatte er längst bemerkt.

Sie kam mit schuldbewusstem Gesicht, ihr Pferd am Zügel führend, herbei und meinte, Lakota treuherzig schmollend anschauend: „Bitte, Lakota, sei nicht böse. Ich war bei der Senke, aber außer den paar Rindern und den toten Hunden war niemand da, und bis zur Hütte wäre es zu weit gewesen. Bitte, schick mich nicht weg, Lakota, ich kann dir bestimmt nützlich sein."

Nun, sie war seine Achillesferse, er konnte ihr unmöglich böse sein, das wusste auch Nadja, trotzdem meinte er im strengen Ton: „Einen guten Dienst hättest du mir erwiesen, wenn du Mister Walker und die Boys unterrichtet hättest und ich wüsste, dass ich mich auf dich verlassen kann."

„Das kannst du, Lakota, Hundertpro. Was soll ich tun?"

„Ruhig verhalten. Morgen reitest du zurück. Ohne Widerrede."

„Das ist nicht fair, Lakota."

Als sie in ihrer Decke eingerollt fest schlief, schlich sich Lakota nah an das Lagerfeuer der Viehdiebe heran. Er konnte, hinter einem Busch im Gras liegend, die Ausdünstung der Herde riechen und ihre Geräusche hören, die sie auch im Ruhezustand verursachten, und er sah neun oder zehn raue Gesellen um das Feuer sitzen. Sie lachten und brüsteten sich damit, den Indianer und seinen Hund mit einer kleinen List weggelockt zu haben, indem sie den Wasserschlauch aus dem Fluss gezogen und ihn samt dem Gestell, auf dem er befestigt war, zerlegt hatten, der Indio dürfte eine Weile damit beschäftigt gewesen sein. Als er weg war, war es ein Leichtes gewesen, die Hunde mit Pfeilen zu erledigen, ein Trick, der die Rancher in die Irre führen, zumindest verunsichern sollte, das funktionierte immer. Danach konnten sie in aller Gemütsruhe die Herde wegtreiben. Morgen, erfuhr Lakota hinter seinem Busch, wird man sie aller Wahrscheinlichkeit nach bis zum Abend zur „Schlucht der heißen Winde" getrieben haben, ein sicheres Versteck, in dem sie das Brandzeichen der Walker-Ranch ein wenig verändern würden, das dürfte nicht länger als zwei Tage dauern, schließlich mache man sowas nicht das erste Mal. Aus dem Walker W würde im Handumdrehen ein großes V werden, den Haken dazwischen konnte man leicht mit Kreide und Farbe kaschieren. Auf einem Viehmarkt schaute keiner genau hin, wenn der Preis stimmte und die Ware gut war. Und dieses Mal war die Ware sehr gut.

Als einer von ihnen ans Feuer trat und den Rest seines Bechers darauf ausschüttete, setzte bei Lakota für einen Moment der Herzschlag aus, um dann um so schmerzlicher und heftiger gegen seine Rippen zu pochen. Der Mann am Feuer trug ein Stirnband, obgleich arg verschmutzt und gebleicht, waren die Farben darauf noch gut zu erkennen, es waren die Lieblingsfarben seiner ermordeten Schwester Ethele, sonnengelb und lila. Kein Zweifel, der Mann trug ein von ihr handgefertigtes Stirnband. War er der Mörder seiner Schwester und des schwarzen Mannes, der sie beschützen wollte? Waren die Männer am Feuer die Mörder, nach denen er schon so lange forschte?

Lakota war wie benommen, lange lag er unbeweglich im Gras und starrte auf die Männer, die sich für die Nacht einrichteten. Er hätte sie im Schlaf töten können, einem nach dem anderen sein Messer ins Herz rammen können und dann die Herde zurücktreiben können zur Senke, aber das wäre für die Mörder seiner Schwester zu billig gewesen.

Als die Männer schliefen, nur einer hing etwas abseits als Wache herum, schlich Lakota zur Herde. Er kannte die meisten der Tiere von Geburt an, war dabei, als sie ihre Brandzeichen erhielten, sah sie heranwachsen. Lakota war für sie verantwortlich, er würde sie sicher und vollständig nach Hause zurückbringen.

Aber nun hatte sich etwas geändert, nun hatte er mit großer Wahrscheinlichkeit die Mörder seiner Schwester Ethele gefunden. Er würde Rache an ihnen nehmen, aber einer, den es ebenso wie ihn betraf, musste dann dabei sein, nämlich Justus Timperline.

Justus kam immer auf die Farm, wenn er in der Nähe auf einem Viehmarkt oder sonst wo zu tun hatte, und das war aus gutem Grund ziemlich häufig. Bei den Walkers war er gern gesehen, nicht nur weil er Lakotas Freund war, Justus war liebenswert und brachte stets die Neuigkeiten aus der Umgebung und der Stadt mit. Wenn Nadja oder Lakota, möglichst beide in der Nähe waren, dann verbrachte er viele Stunden mit ihnen, manchmal auch Tage. Für die Walkers war das kein Problem, sie wussten, Nadja war bei den beiden ihn guter Hut.

Als Justus die Farm seines Vaters formell übernahm, -der alte Herr wollte die Geschicke der Ranch noch nicht ganz aus den Händen geben- da fand er es an der Zeit, seinen Eltern von Ethele und von Nadja, seiner Tochter, zu erzählen und dass er sie gern bei sich, auf der Ranch seiner Eltern gehabt hätte. Die Timperlines waren sofort damit einverstanden, aber nicht Lakota. Er meinte, es wäre noch zu früh dafür. „Wenn sie erfährt, dass du ihr Vater bist, Justus", hatte er eingewandt, „dann wird sie zwangsläufig erfahren, wie ihre Mutter umgekommen ist. Wir sollten noch warten und ihr ihre Fröhlichkeit und Unbeschwertheit lassen. Sie wird es erfahren, wenn die Zeit dafür reif ist.

Justus tat sich schwer damit, aber er vertraute Lakota, er wusste stets, was gut und richtig ist.

Eines Tages hatte im Geländewagen neben dem Tierarzt, der seit Jahr und Tag auf der Timperline-Ranch die Tiere versorgte, ein junger Indianer gesessen, er hatte markante Gesichtszüge und nachtdunkles, schulterlanges Haar. „Mein neuer Assistent", hatte ihn der bejahrte Arzt vorgestellt. „Er heißt Abdolo, ist Doktorand und wird mich in Zukunft unterstützen. Vielleicht auch, so hoffe ich, wird er einmal meine Nachfolge antreten."

Justus hatte sofort seinen einstigen Schulfreund Abdolo, Lakotas Stammesbruder, wiedererkannt, er war über die Maßen erfreut über das unerwartete Wiedersehen.

Von nun an sahen sie sich regelmäßig, immer wenn es mit den Tieren auf der Ranch Probleme gab, kam Abdolo mit dem Geländewagen und seinem Arztkoffer und half.

Als Abdolo ihn eines Tages fragte, ob er ihm ein Stück Land verpachten könne, da hatte Justus gelacht und gefragt: „Wozu? Willst du etwa umsatteln und Rinder züchten?"

Abdolo aber war ernst geblieben und hatte gemeint: „Sicher nicht. Ich brauche für meinen Stamm ein neues Zuhause. Ihr Dorf, das auch mein Dorf war, hat eine Windhose zerstört. Sie konnten sich in Sicherheit bringen, aber nun wissen sie nicht, wohin."

„Oben, an der Westgrenze, könnte ich dir ein circa zehn Hektar großes Weideland überlassen", hatte ihm Justus nach einigem Nachdenken angeboten. „Es gehört dir, du kannst Grenzsteine setzen und es einzäunen. Der angrenzende Wald gehört ein Stückweit auch dazu. Sollte es nicht ausreichen, dann sag' es nur."

Seitdem stehen oben am Waldrand Wigwams, auf den Wiesen ringsum scharren und picken Hühner und Gänse, in den weitläufigen, von Gattern umgebenen Weiden grasen Ziegen, Schafe und Kühe, ein kleiner Bach fließt hindurch. Die

Frauen verarbeiten an ihren Spinnrädern und Webstühlen Schafswolle zu Teppichen, Läufern oder Taschen. Die alten Indianer sehen es zufrieden, aber die Jungen sagen: „Wir brauchen keine Almosen, dieses Land gehört von jeher unserem Volk. Man hat es uns gestohlen."

Abdolo wusste vom brutalen Mord an Ethele, Lakota hatte es ihm erzählt, die Stammesmitglieder jedoch, die Ethele seinerzeit verstoßen hatten, wussten nichts von ihrem Tod. „Weise Eule", die Großmutter und Dorfälteste, hatte die Zerstörung des Dorfes nicht mehr erleben müssen, man hatte sie vorher nahe dem Dorf in allen Ehren bestattet.

Aber Abdolo wusste nichts von dem Kind, denn Lakota und Justus hüteten dies, ohne sich abzusprechen wie ein Geheimnis. Gegenüber Abdolo fiel es Justus schwer, darüber zu schweigen, denn er fühlte sich ihm mehr als nur freundschaftlich verbunden. Abdolo war Ethele wie ein Bruder gewesen und somit war er es auch für ihn und Nadja, seiner Tochter.

Als Lakota von den Viehdieben und der Herde zurückkam, schlief Nadja in ihrer Decke eingerollt tief und fest. Wotan, sein Hund, lag neben ihr, er war durch sein dunkles Fell nur schemenhaft zu sehen, als er seinen Herrn hörte, hob ein wenig den Kopf. Lakota ging zu den Pferden, sie schnaubten leise bei seinem Erscheinen, und holte seine Decke, dann legte er sich neben Nadja. Er betrachtete einen Augenblick nachdenklich ihre im Mondlicht undeutlichen Konturen. „Wurde sie, das Kind der Ermordeten", fragte er sich,

„von Etheles Geist und den Geistern der Ahnen geleitet, als sie ihm gefolgt war? Er würde sie jetzt brauchen, denn er musste Justus holen. In der schwersten Stunde ihres Lebens hatten sie sich geschworen, gemeinsam, wenn die Mörder gefunden sein würden, furchtbare Rache an ihnen zu nehmen. Nun war es soweit, ganz unerwartet hatte er die Mörder gefunden, er würde Justus holen. Alles Weitere wird sich finden.

Im ersten Morgengrauen rollte er seine Decke zusammen und befestigte sie hinter seinem Sattel. Dann hockte er sich neben Nadja, die noch fest und unbeschwert schlief, betrachtete sie einen Moment liebevoll und streichelte über ihr dunkles Haar.

Nadja blinzelte ihn verschlafen an.

„Nadja", meinte er ernst, „pass genau auf, was ich dir jetzt sage, es ist sehr wichtig. Die Viehdiebe lagern mit der Herde keine hundert Yards von hier entfernt. es sind ungefähr zehn. Ich habe sie belauscht, sie wollen die Herde zur Schlucht der „Heißen Winde" treiben. Du folgst ihnen unauffällig. Gegen Abend, wenn die Diebe die Schlucht erreicht haben werden, treffen wir uns dort. Ich werde jetzt Justus holen, er wird uns helfen, die Diebe dingfest zu machen. Hast du alles verstanden, Nadja?"

„Natürlich, Lakota", murmelte sie. „Du kannst ganz beruhigt sein."

Er mahnte seinen Hund, gut auf Nadja aufzupassen. Wotan war zwar alt, aber er würde, das wusste Lakota, sie wenn nötig mit seinem Leben verteidigen. Nadja selbst konnte sich durchaus helfen, in ihren Adern floss Indianerblut. Außerdem trug sie immer, wenn sie unterwegs war, ihre kleine Pistole bei sich.

Lakota ritt los, zuerst im Schritttempo, um keinen verräterischen Staub aufzuwirbeln, dann im schnellen Galopp Richtung Berge, in denen die große Stadt Denver lag.

Gegen Mittag, gerade zu dem Zeitpunkt, als sich auch Mister Walker mit seinem kleinen Trupp auf den Weg machte, um die Viehdiebe und die Herde einzuholen, ritt Lakota in den aufgeräumten Hof der Timperline-Ranch ein. Am Brunnen ließ er seinen erschöpften Rappen aus dem Trog davor saufen, dann stieg er die Holzstufen zur Veranda des stattlichen Haupthauses hinauf.

Lakota war, seit sein Stamm oben am Waldrand ihre Wigwams aufgeschlagen hatte, so oft hier gewesen, wie es die Arbeit auf der Walker-Ranch erlaubte. In den Wintermonaten aber, wenn es auf der Ranch wenig zu tun gab, blieb er einige Wochen. Dann waren auch viele der Väter da, unter ihnen „Schneller Pfeil", sein Vater und die Jugendfreunde, die mittlerweile längst erwachsen waren. Auch Abdolo, an dem er mit brüderlicher Liebe hing, kam dann des Öfteren vorbei. Dann erfuhr er, wie es ihnen auf den Ranchen oder in den Fabriken, wo immer sie arbeiteten, erging. „Sanftes Mondlicht", seine Mutter, erkannte ihn nicht mehr, sie erkannte seit Etheles Verschwinden niemand mehr. Allmählich hatte sie sich in ihre eigene, glücklichere Welt zurückgezogen.

Wenn Justus auf die Walker-Ranch kam, erzählte er von ihr und vom Stamm, der sich inzwischen in der neuen Heimat gut eingelebt habe, auch wenn sie jetzt längst nicht mehr so abgeschieden lebten, wie zuvor in den Bergen. Gewöhnlich lud ihn Frau Walker zum Essen oder zum Kaffee ein, dann wurde ins besonders über die Rinderzucht, die Preise, das Wetter und dergleichen diskutiert. Nadja freute sich jedes Mal, wenn er kam, dann ritten zusammen zur Weide hinauf, wo sie ihm die Kälber zeigte.

Wenn Justus und Lakota alleine waren, berichteten sie sich gegenseitig von ihren Nachforschungen, die sie wegen Etheles und Axels Mörder angestrengt hatten. Auch wenn sie bisher zu keinem handfesten Ergebnis geführt hatten, würden sie niemals nachlassen, nach ihnen zu suchen. Einmal würden sie sie finden, davon waren beide felsenfest überzeugt.

Und nun hatte sie Lakota ganz unverhofft gefunden.

Lakota zog an der Glocke, sie gab einen hellen, freundlichen Klang von sich. Die Tür öffnete sich und eine grauhaarige, freundlich lächelnde Frau stand im Türrahmen.

„Hallo, Frau Timperline", grüßte sie Lakota. „Wo könnte ich wohl Justus finden. Ich muss dringend mit ihm sprechen."

Frau Timperline kannte Lakota natürlich, ihr Sohn war seit seiner Schulzeit eng mit ihm befreundet. Wenn er jetzt kam, zu einer Zeit, in der es auf den Ranchen eine Menge zu tun gab, dann musste es wirklich außergewöhnlich wichtig sein.

„Er ist mit meinem Mann im Stall", gab sie Bescheid. „Unsere Erna kalbt gerade, das kann dauern. Ich hab' heute Morgen Apfelkuchen gebacken, willst du hereinkommen und ein Stück probieren? Zusammen mit einer ordentlichen Tasse Kaffee?"

„Gern, Frau Timperline, aber vorher muss ich Justus sprechen."

„Natürlich, Lakota, du kennst dich hier ja aus."

Lakota führte seinen Rappen zum Stall, vor dessen Tor ein Haferkorb hing, sein Pferd machte sich sogleich darüber her. Im Stall waren die Boxen leer, bis auf eine, in der Männerstimmen zu hören waren. Justus und sein Vater, Mister Timperline, ein kräftiger, grauhaariger Mann in den sechziger Jahren, waren darin, sie knieten vor einem neugeborenen Kälbchen und rieben es mit Stroh ab. Die Kuh daneben schaute zu.

„Ein prächtiges Kalb", meinte Lakota anerkennend. „Ein kleiner Bulle, nicht wahr? Herzlichen Glückwunsch."

„Ja, das hätten wir geschafft", meinte Justus und stand auf. Auch sein Vater rappelte sich hoch, sein rundes, gutmütiges Gesicht, obzwar verschwitzt und gerötet, wirkte äußerst zufrieden. „Erna ist eine Prachtkuh", meinte er, das Kälbchen stolz betrachtend, „es ist nun schon das dritte, gesunde Kalb, das sie uns schenkt, nicht wahr, Erna? Wir mussten kein einziges Mal deinen Bruder dazu bitten. Hallo, Lakota."

Justus, dessen Hände und Kleider von der geleisteten Geburtshilfe verschmutzt waren, umarmte den Freund vorsichtig. „Hallo, Lakota. Entschuldige, ich wasch' mich rasch und zieh mich um, dann reden wir. Es gibt bestimmt Wichtiges, wenn du gerade jetzt kommst."

Schon eilte er, das rechte Bein ein wenig nachziehend, davon. Lakota wusste, er trug seit Langem eine Prothese, die Krücke stand meist ungenutzt im Haus herum.

„Tja, dann werde ich das wohl auch tun", meinte Mister Timperline lächelnd an sich herabschauend. „Geh doch schon mal ins Haus, Lakota. Frau Timperline wird sich freuen, dich zu sehen."

Seit die Timperlines von ihrer Enkeltochter Nadja wussten, drängten sie darauf, sie kennenzulernen. Dass ihr Sohn und sein Indianerfreund auf Rache an den Mördern der Schwester und der Freundin aus waren, war ihnen bekannt, sie verstanden das, nur plädierten sie dafür und hofften darauf, dass sie die Mörder, falls sie sie finden, ordnungsgemäß an die Polizei ausliefern werden. Nur so konnten die beiden ihrer Meinung nach das Trauma, das sie erlebt hatten, überwinden und ihren Frieden finden. Vielleicht auch, so hofften sie, würden sie dann endlich ihr Enkelkind auf der Ranch begrüßen dürfen.

Als Lakota erzählt hatte, weshalb er gekommen sei, fiel das Kaffeetrinken sehr kurz aus. Bald saßen er, Justus und zwei Cowboys, Stefen und Lous, die sich wegen Reparaturarbeiten gerade auf der Ranch aufhielten, in den Satteln. Justus hielt es für angebracht, sie dabei zu haben. Das konnte nicht schaden.

„Sollten wir schon einmal die Polizei verständigen, Lakota?", wollten die Timperlines noch wissen.

„Nicht nötig", meinte Lakota, „Aber Abdolo könntet ihr ausrichten, dass er möglichst umgehend in die Schlucht der „Heißen Winde" kommen soll. Er kennt die Schlucht. Und sagt ihm, dass sich dort derzeit Etheles Mörder aufhalten."

Im raschen Galopp könnten sie noch heute bei der Schlucht ankommen, wo dann voraussichtlich auch die Viehdiebe mit der Herde und hoffentlich auch Nadja sein werden.

Die hatte sich, nachdem Lakota weggeritten war, aus ihrer Decke gewickelt, hatte sich aus ihrer Satteltasche die Brotbox und die Thermosflasche mit dem Tee geholt, er war noch warm, wieder in ihre Decke gewickelt und es sich auf einem großen Stein gemütlich gemacht, um zu frühstücken, dabei behielt sie ihre Umgebung im Auge. Wotan saß neben ihr und schaute sie mit hungrigen Augen an. er bekam die Hälfte ihres Speckbrotes ab.

Nadja war mit sich und der Welt wieder versöhnt, Lakote brauchte sie, er war froh, dass sie hier war. Gerry brauchte sie nicht, er hatte jetzt das German-Girl, seine tolle Freundin, er hatte nur Augen für sie, so wie alle andern auch. Derweil ist sie mit ihren hochhackigen Stiefeln und lackierten Fingernägeln ziemlich affig, hoffentlich verschwindet sie bald wieder. Es ist schon gut, wenn Onkel Karl und Gerry und die Boys sich um sie sorgten, dass sie nicht wussten, dass sie Lakota gefolgt war, sie hätten sie womöglich nur weggeschickt, weil sie ihnen ihrer Meinung nach im Wege war. Aber warum Lakota unbedingt Justus brauchte, um die Diebe zu fangen und die Herde zurückzubringen, das wollte ihr nicht recht einleuchten, das sah ihm überhaupt nicht ähnlich. Sie mochte Justus, sehr sogar, aber wäre es nicht viel besser gewesen, sie hätten die Herde alleine befreit und zurückbracht?

Gerade wollte sie in einen Apfel beißen, da sah sie eine feine Rauchsäule aufsteigen, die im kühlen Nordwind rasch verwehte. Sie legte den Apfel zurück in die Box und verstaute sie und die Thermosflasche in ihre Satteltasche, rollte ihre Decke zusammen und befestigte sie hinter dem Sattel ihres schwarz-weiß-scheckigen Pferdes.

„Es geht los, Goster", meinte sie und saß auf.

Sie wartete, bis sich der Rauch gänzlich verzogen hatte. Es hatte keine Eile, die Viehdiebe, Lakota sagte etwas von zehn Männern, mussten die Herde erst einmal in Bewegung setzen, und bis zur Schlucht der „Heißen Winde" war es weit, selbst wenn sie zügig vorankämen. Es würde bestimmt Abend werden, bis sie dort sein würden. Nadja wusste ungefähr, wo sich die Schlucht befand, sie war einmal mit Lakota und Justus dort gewesen, die schroff und hoch aufragenden Felswände, durch die ein stetiger, heißer Wind wie durch einen Kamin fegte, die seltsamen Pfeiftöne, die er dabei verursachte, waren ihr damals unheimlich erschienen. Für ein Versteck allerdings, zum Beispiel für eine ganze Rinderherde, war sie bestimmt bestens geeignet.

Nadja ritt im gemächlichen Trapp los. Wotan folgte ihr.

Timperlines erreichten Abdolo auf seinem Handy, während eines Arbeitseinsatzes, er war zu einer Kuh gerufen worden, die unter schlimmen Koliken litt. Er erfuhr, dass Lakota die Mörder seiner Schwester gefunden haben könnte und er deshalb so schnell wie möglich zur Schlucht der „Heißen Winde" kommen möge, wo sich diese derzeit aufhielten.

Als es der Kuh etwas besser ging, machte sich Abdolo sogleich mit einem vom Farmer geliehenen Pferd auf den Weg, damit ging es querfeldein wesentlich schneller, als mit dem Geländewagen. Er wusste, wo die Schlucht lag und wollte möglichst noch vor der Nacht dort sein, um sich mit Lakota und Justus zu treffen und zu besprechen.

Wenn Etheles Mörder endlich gefunden wären, dann wäre das für Lakota ein Segen. dann würde er hoffentlich endlich zur Ruhe kommen.

Abdolo liebte und bewunderte den brüderlichen Freund sehr, aber er tat ihm auch leid, denn sein ganzes Sinnen und Trachten hatte sich in all den Jahren ausschließlich auf die Suche nach den Mördern seiner Schwester und auf die Rache an ihnen gerichtet. Lakota fühlte sich schuldig, er hatte, wie er meinte, nicht genügend auf Ethele aufgepasst. Nach dem Unglück hatte er all seine Pläne, von denen er einst beseelt gewesen war, über Bord geworfen, er hatte den Auftrag, den er einst von „Weise Eule", seiner Großmutter, erhielt, vergessen. Er gab seine Ausbildung als Jurist, die er nach der Schule angestrebt hatte, auf und verzichtet auf ein persönliches Glück, sogar die Verbindung zu seinem Stamm hatte er abgebrochen. Erst seit oben am Waldrand wieder die Zelte standen, ließ er sich gelegentlich sehen. Sicher, auch er, Abdolo, war allein, aber sein Beruf als Veterinär-Mediziner brachte ihm Erfüllung, den Tieren zu helfen machte ihn glücklich. Auch das gute Examen, welches er nach dem Studium bekommen hatte, war ein Glücksmoment gewesen, oder die Insektensammlung, die mit den Jahren immer größer und umfangreicher geworden war. Er bewunderte und begeisterte sich für die filigranen, wunderbaren Geschöpfe.

Justus hatte sich, als ein Hurrikan das Dorf seines Stammes zerstörte, als guter, verlässlicher Freund erwiesen, er hatte ohne Bedingung oder Verpflichtung seinem Stamm eine neue Heimat gegeben. Leider löste seine Großzügigkeit nicht nur Freude bei seinen Brüdern aus, einige empfanden sie als Schmähung, als Farce, für ein gestohlenes Land brauche man nicht dankbar zu sein, meinten sie zornig. Wenn er, Abdolo, sich dafür hergab, sich um ihr krankes Vieh zu kümmern, so sei das seine Sache, aber eines Komantschen unwürdig und ein Verrat

Abdolo hatte versucht, die Hitzköpfe durch Gelassenheit und ruhige Gespräche zu besänftigen. Er erzählte von Mister Timperline, dessen Urururgroßvater vor hundertfünfzig Jahren mit anderen Kriegsgefangenen in ihr Land gebracht wurde, um die Eisenbahnschienen zu verlegen, von Ozean zu Ozean, durch Berge, Wüsten und durch die Prärie, dem

180

Land ihrer Vorvorväter. Sie wurden dazu gezwungen, meinte er, und als sie damit fertig waren, waren sie von der langen, harten Fronarbeit alt und verbraucht. Zum Lohn dafür bekamen sie ein Stück Land von der Regierung, um es urbar zu machen, es zu bebauen und davon zu leben. Es war jedoch das Land der Komantschen, der Blackfoots und der Cheyennen, was den Siedlern nicht bekannt war und sie auch nicht interessieren konnte. Für sie waren die Indianer Feinde, vor denen sie unentwegt ihr schwerverdientes Land verteidigen mussten.

„Unsere Ururgroßväter haben einen hoffnungslosen Kampf geführt", meinte Abdolo und alle hörten ihm skeptisch, aber immerhin zu. „Für uns, die Nachkommen, muss der Kampf ein anderer sein, er darf sich nicht gegen die weißen Farmer, Rancher oder andere brave Bürger richten, nein, wir müssen gegen die Diskriminierung und Ungerechtigkeit kämpfen, um die Gleichberechtigung aller Amerikaner, egal welcher Hautfarbe oder Herkunft sie sind. Das muss unser großes Ziel sein, dazu braucht es Zähigkeit, Ausdauer und Klugheit, eben das, was einen Indianer auszeichnet. Denkt an die Worte von „Weise Eule", sie hatte großes Vertrauen und große Hoffnung in unsere Stärken gesetzt. Wir dürfen sie nicht enttäuschen."

Mittlerweile hatte sich die Lage im Dorf beruhigt, die meisten hatten sich mit ihrer neuen Bleibe abgefunden und fühlten sich oben, am Waldrand, sogar heimisch. Sie bauten Gemüse an, züchteten Schafe, hielten Hühner und Gänse und ihre Spinnräder und Webstühle surrten und ratterten von morgens bis abends. Ihre schönen Erzeugnisse und Handarbeiten brachten sie mit Steigen, die sie auf ihren Rücken trugen, oder mit Karren, vor denen sie Maulesel spannten, zum nächsten Markt, wo sie reißend Absatz fanden. Man ließ sie schalten und walten, nur Abdolo und Justus schauten gelegentlich nach ihnen und im Winter die Väter und jungen Männer. Freilich vermisste man das Dorf in den Bergen und das freie Leben in der Einsamkeit, die Alten trauerten um die Traditionen, die nun verloren schienen.

In derartigen Gedanken vertieft erreichte Abdolo die Schlucht der „Heißen Winde", die Sonne war längst hinter der dunklen, bizarren Felsformation, deren Kamm vom Mondlicht schwach beschienen wurde, untergegangen. Abdolo entschloss sich, die Schlucht links zu umreiten und hoffte darauf, so auf Lakota und Justus zu stoßen.

Als er eine Gruppe Reiter kommen hörte, drückte er sich mit seinem Pferd eng in eine Felsspalte, erst als sie dicht an ihm vorbeiritten, erkannte er Lakota und Justus und zwei Cowboys von der Timperline-Ranch. Auch ein Mädchen war dabei und Wotan, Lakotas ständiger Begleiter. Abdolo führte sein Pferd aus dem Schatten und begrüßte sie.

Lakota stellte ihm das Mädchen vor, sie sei Nadja, die Tochter des Ranchers, Mister Walker, erklärte er, dessen Herde, ungefähr zweihundert Tiere, sich in der Schlucht befände. Die Viehdiebe auch, sie saßen praktisch in der Falle."

„Was ist geplant", wollte Abdolo wissen. „Vor allem, wieso geht ihr davon aus, dass die Viehdiebe Etheles Mörder sind?"

„Lass uns absteigen und darüber reden, Abdolo", meinte Lakota, besorgt Nadja ansehend, die plötzlich interessiert

182

aufhorchte. Dass der Fremde Lakotas Stammesbruder ist, davon hatte man sie unterrichtet, aber dass die Viehdiebe auch Mörder sein sollen, das war ihr neu und äußerst interessant.

Man saß ab und ließ sich im Kreis nieder, um sich zu besprechen.

„Es sind zehn Männer, soweit ich richtig gesehen habe", meinte Lakota. „Sie sind völlig ahnungslos, dass sie entdeckt sind. Einen größeren Gefallen, als sich mit der Herde in die Schlucht zu begeben, konnten sie uns gar nicht tun.

„Und wie kriegen wir sie?", fragte Nadja, die kaum abwarten konnte, dass es endlich losging.

„Du, Nadja", meinte Lakota ruhig, „kletterst, sobald ich die zwei Wachposten vom Fels heruntergeholt habe, hinauf und hältst die Umgebung im Auge. Solltest du in der Schlucht Schüsse hören, ballerst du aus vollem Rohr, damit die Banditen glauben, sie wären umstellt. Aber schieße nicht blindlings in die Schlucht hinein, denn aller Wahrscheinlichkeit nach werden wir dann auch drin sein. Außerdem brauchen wir die Gauner, vor allem die Tiere lebend."

„Du kannst dich auf mich verlassen, Lakota", meinte Nadja wild entschlossen, diese wichtige Mission zu seiner vollsten Zufriedenheit zu erfüllen.

„Später werden wir Wotans gute Hundeschnauze brauchen", meinte Lakota. Dann machte er sich auf den Weg nach oben, wo er auf dem Felsenkamm zwei Wachposten der Viehdiebe wusste.

Die Viehdiebe glaubten sich in absoluter Sicherheit. Sie lachten und scherzten ungezwungen und freuten sich offensichtlich darauf, dass, wenn erst einmal die Brandzeichen geändert sein würden, was einen, höchstens zwei Tage dauern dürfe, man die Rinder überall auf Kansas großen Viehmärkten zu einem guten Preis verkaufen könne, nicht alle auf einmal natürlich, das würde auffallen. Davon würden sie dann prima leben können, zumindest bis zum nächsten Coup, wenn Gras über die Sache hier gewachsen sein würde.

Zwei von ihnen saßen oben auf den Felsen und hielten hoffentlich die Auge offen, man weiß ja nie. Natürlich hatte man die Spur der Herde ein Stückweit vor der Schlucht sorgsam beseitigt, schließlich waren sie keine Anfänger mehr.

Dass auch sie beobachtet wurden, merkten sie nicht, soweit reichte ihre Professionalität dann doch nicht.

In der Schlucht war es stockdunkel, oben auf dem Felskamm aber war es mondhell, Lakotas scharfe Augen konnten die zwei wacheschiebenden Gestalten schnell ausmachen. Er schlich sich an sie heran und schlug erst dem einen seinen Messerschaft über den Schädel, als der mit einem leisen Seufzer niedersank, auch dem zweiten. Lakota knebelte sie mit ihren Halstüchern und fesselte ihre Beine und Arme mit dem mitgebrachten Lasso. Dann schleifte er sie, sie an den Kragen ihrer Joppen packend, den Steilhang hinunter, wobei sie stöhnend und zappelnd zu sich kamen.

„Nun waren es nur noch acht", meinte Justus grimmig, als Lakota sie vor der Felswand ablud.

Bevor Lakota den Kerlen die Knebel aus den Mündern nahm, meinte er warnend: „Bei dem kleinsten Mucks bekommt ihr sie wieder verpasst, verstanden?"

Die Halunken nickten mit den Köpfen, die vom erhaltenen Schlag noch mächtig brummten, die Männer vor ihnen sahen nicht so aus, als würden sie spaßen. Obendrein waren zwei von ihnen, was im Mondschein deutlich zu sehen war, Indianer.

„Wir stellen euch jetzt ein paar Fragen", meinte der Indianer, der sie oben am Kamm überrascht und herunter geschleppt hatte. „Überlegt euch die Antworten gut", meinte er", denn wenn ihr lügt, könnte es die letzte Lüge eures Lebens gewesen sein. Ihr ward im Sommer vor ziemlich genau sechzehn Jahren in den Bergen von Colorado-Springs, bei einer Hütte an einem See, stimmt's?"

Die Banditen schauten sich die Männer, soweit es die Umstände erlaubten, genauer an, es waren fünf. Sie schauten mit grimmigen Gesichtern auf sie herab, irgendwie wirkten sie wie Zeugen oder Beisitzer bei einer Gerichtsverhandlung. Die dreckige Rothaut aber wollte sie ausfragen oder verhören, was glaubte die eigentlich, wer sie sei?

„Wenn ihr hinter den Rindern her seid?", meinte einer der Banditen, er war sehr hagere und hatte ein vernarbtes Gesicht und tückisch funkelnde Augen, „darüber lassen wir mit uns reden."

„Ich fürchte", meinte Lakota ruhig, „ihr verkennt die Lage. Wir wollen nicht verhandeln, wir wollen, dass ihr unsere Fragen wahrheitsgetreu beantwortet. Es ist eure einzige Chance, aus der Patsche, in der ihr sitzt, herauszukommen. Wart ihr also vor sechzehn Jahren, etwa um diese Zeit bei einer Hütte, die in den Bergen an einem See liegt?"

„Warum?", fragte der andere Gauner frech, er hatte schwarzes Haar, das ihm wirr in die niedrige Stirn fiel, und einen kurzen, wirren Vollbart.

„Stopp", meinte Justus scharf, Lakota ließ sein Messer im Mondlicht aufblitzen und meinte seltsam ruhig: „Beantwortet nur kurz und präzise unsere Fragen. Weiter nichts."

Die beiden Ganoven schauten sich vielsagend an, wie konnte man die schlafenden Kumpels in der Schlucht warnen, überlegten sie. Die Männer hier schienen zu allem bereit zu sein, vor allem der Indianer mit dem Messer.

„Ist eine verdammt lange Zeit", meinte das Narbengesicht, um etwas Zeit herauszuschinden, aber da hatte er schon den Knebel im Mund und in seiner Joppe klaffte ein tiefer, waagrechter Schnitt.

„Du siehst, mein Messer ist sehr scharf", meinte Lakota zum Bärtigen. „Vielleicht willst du uns antworten, denn bedenke, unsere Geduld ist endlich und der nächste Schnitt wird tiefer sein. Sag einfach nur ja oder nein. Vor allem, sag' die Wahrheit."

„Wir waren wohl um diese Zeit auch einmal in den Bergen", antwortete der Bärtige nun brav. „Wir sind öfters dort, aber

186

an einen See und an eine Hütte kann ich mich nicht erinnern."

„Wotan", rief Lakota verhalten. „Komm doch mal her, mein treuer Hund. Vielleicht kannst du dich an die Männer hier erinnern." Wotan kam herbei, beschnüffelte ziemlich uninteressiert die Halunken und deren Umgebung, also konnten diese Männer unmöglich die Mörder seines früheren Herrn und des Mädchens sein, das bei ihm war. Auch wenn er damals noch sehr jung war, ihr Geruch, ihre Stimmen und ihre Ausstrahlung hatten sich ihm für immer eingeprägt.

In der Schlucht war es noch dunkel, als die friedlich schlafenden Ganoven durch Fußtritte aus dem Schlaf gerissen wurden. Sie spürten die kühlen Läufe von Colts an ihren Schläfen und in den Nacken, die eigenen Waffen lagen, wie sie schnell feststellten, außerhalb ihrer Reichweite. Der Himmel über der Schlucht graute schon, es wehte ein empfindlich kalter Wind hindurch. Die Rinder, eng an eng stehend oder liegend, waren nur vage zu sehen, so wie die Männer vor ihnen, die ihre Waffen auf sie gerichtet hielten.

„Steht auf", wurde ihnen befohlen. Sie rappelten sich aus ihren Decken hoch und warfen dabei Blicke nach oben, wo zum Teufel waren die wacheschiebenden Kumpels. Oben sahen sie zwar jemand kauern, aber wie einer der ihren sah er nicht gerade aus.

„Was wollt ihr", murmelte einer der Banditen.

„Ach, wisst ihr", meinte einer der Männer, er hatte für einen gewöhnlichen Cowboy viel zu saubere Stiefel und Klamotten an, „es passt uns absolut nicht, dass ihr dass schöne

Walker *W* verunstalten wollt. Ich hoffe, ihr habt Verständnis dafür, wenn wir die Herde dorthin zurückbringen, wo sie hingehört und euch beim nächsten Sheriff-Office abliefern."

Zwei andere Kerle mit speckigen Jeans und Joppen, wie es sich für richtige Cowboys gehörte, fesselten flott ihre Hände auf die Rücken und bugsierten sie unsanft aus der Schlucht. Vor der Schlucht war es schon relativ hell, so dass die Männer, die sie überrumpelt hatten, besser zu sehen waren. Es waren fünf entschlossen wirkende Kerle, zwei von ihnen unübersehbar Indianer, außerdem hockte einer von ihnen oben auf dem Felsen. Ihre Wachposten konnten es nicht sein, denn die saßen gut verschnürt am Fuße des Felsens und schauten ihnen mit resignierten Gesichtern entgegen, was für eine Kacke. Etwas abseits standen Pferde, auch die ihren, und ein ziemlich großer Hund, der, die Ohren aufmerksam gespitzt, zu ihnen herübersah.

Lakota aber hatte bei einem der Viehdiebe das Stirnband gesehen, zwar trotzte es vor Schmutz, aber die Farben darauf waren dennoch gut zu erkennen, es waren die Lieblingsfarben seiner ermordeten Schwester Ethele, gelb und lila. Kein Zweifel, der Schurke war ihr Mörder und der ihres farbigen Beschützers, er trug ein von ihr handgefertigtes Stirnband. Aber noch fehlte der endgültige, endscheidende Beweis dafür.

Auch Justus hatte das Stirnband bei dem Halunken gesehen, und als die Banditen aufgereiht vor der Felswand hockten, zog er aus seiner Joppentasche ein Stirnband, das dem des Banditen auffallend glich, es hatte annähernd die gleichen Farben und dasselbe Muster, nur strahlten die Farben seines

Stirnbandes frisch und neu, im Gegensatz von dem des Banditen.

Justus betrachtete das Stirnband in seiner Hand liebevoll, dann meinte er mit rauer Stimme: „Dieses Band hier ist ein Geschenk von einem Mädchen, dass ich sehr liebte und ich nicht vergessen kann. Nun, dieses Mädchen ist tot, es wurde grausam ermordet. Sie war gerade mal sechzehn Jahre jung und eine Indianerin. Auch der Mann, der sie beschützen wollte, ein schwarzer Mann, wurde ermordet. Und nun trägst du ein Stirnband, das dem meinen seltsam ähnlich ist."

Nadja, die gerade kam, hörte seine letzten Worte. Ihr wurde sofort klar, dass Justus einmal ein Indianermädchen geliebt haben musste, das zusammen mit ihrem Beschützer, einem schwarzen Mann, ermordet wurde. Wie es aussah, waren diese Viehdiebe hier oder einer von ihnen die oder der Mörder. Deshalb also wollte Lakota Justus dabei haben, er sollte dabei sein, wenn der Mörder seiner einstigen Freundin, die er nicht vergessen konnte, gefangen und ausgeliefert wurde. Was für eine unglaubliche Geschichte.

„Nadja", meinte Lakota, als er ihre großen, staunenden Augen sah, „Es wird schon hell. Kannst du mit Stefen und Lous schon mal ein Feuerchen machen und Kaffee kochen? Wir werden alles Weitere beim Frühstück besprechen."

„Gut, Lakota", meinte Nadja lächelnd, sie wusste genug. „Aber später müsst ihr mir alles erzählen, versprochen? Ich muss alles wissen."

„Sicher, Nadja, das werden wir", versprach Justus, er hielt immer noch das Stirnband in den Händen.

Als es auch Lakota versprach, ging Nadja mit Stefen und Lous, den beiden Timperline-Cowboys, zum Eingang der Schlucht, von wo aus man die Herde gut sehen konnte. Sie sammelten Reisig für ein Feuer und bereiteten alles für ein Frühstück vor.

Nachdem sie weg waren, wandte sich Lakota dem Dieb mit dem verräterischen Stirnband zu, das dieser, wenn es ihm nur möglich gewesen wäre, allzu gern hätte verschwinden lassen. „Du hast einen dicken Fehler gemacht, Schurke", meinte Lakota fast geschäftsmäßig kühl, „du hast der Ermordeten ihr hübsches Stirnband abgenommen und es selbst getragen. War sie da eigentlich schon tot, als du es ihr wegnahmst? Und du hast vergessen, den Hund des Schwarzen zu töten. Er ist hier, glaubst du, er wird dich und diejenigen, die bei dir waren, wiedererkennen?"

„Das Band habe ich gefunden", beteuerte der Kerl, dem langsam bewusst wurde, wie tief er wirklich in der Kacke saß. „Es hat mir gefallen, deshalb habe ich es getragen. Mit irgendwelchen Morden habe ich nichts zu tun. Wir sind Viehdiebe und keine Mörder!"

Was, nebenbei erwähnt, vor einem amerikanischen Gericht keinen großen Unterschied machen würde.

„Okay", meinte Justus gelassen, Lakotas seltsame Ruhe, eine tödliche Ruhe, wie er wusste, übertrug sich allmählich auf ihn. „wir glauben dir. Aber ob dir auch Wotan, der Hund des schwarzen Mannes, den du vergaßest zu erschießen glauben wird, das muss sich erst noch zeigen. Wotan, guter Freund, komm doch einmal her!"

Wotan kam freundlich wedelnd herbei, aber je näher er kam, desto unruhiger wurde er. Er blieb vor dem Kerl mit dem Stirnband stehen und kläffte ihn mit gefletschtem Gebiss, soweit es noch vorhanden war, wütend an. Abdolo nahm ihn beiseite und Justus zog den Überführten am Kragen seiner Joppe hoch und beförderte ihn ein Stück abseits.

Aber der Hund stand schon vor einem der anderen Kerle und kläffte sich die Seele aus dem Leib, so dass ihm der Geifer nur so aus dem Maul tropfte.

„Alles gut, alter Freund", lobte ihn Lakota und zog ihn weg, nicht dass der alte Hund noch einen Herzschlag vor Aufregung bekam. „Das hast du gut gemacht, aber jetzt können wir uns wieder beruhigen." Wotan aber wollte sich nicht beruhigen, sein raues, graumeliertes Fell stand im Nacken und im Rücken hoch, er knurrte und zeigte dabei drohend die längst nicht mehr so gefährlichen Stoßzähne, die aber durchaus noch einiges anrichten konnten.

Auch der von ihm überführte Kerl hatte keinen Grund, sich zu beruhigen, er wurde von Justus am Kragen hochgezogen und zu dem schon abseits sitzenden Kerl mit dem Stirnband befördert.

Nadja kam, um zu sehen, weshalb sich der sonst so ruhige Hund so aufregte. „Er kann bei seiner empfindlichen Nase den Geruch der Kerle hier nicht ertragen", erklärte ihr Abdolo. „Ich übrigens auch nicht. Komm, lass uns gehen. Wenn ich mich nicht irre, riecht es schon mächtig gut nach

Kaffee. Wotan komm, hier gibt es für uns nichts mehr zu tun."

Der Hund trottete zögernd, immer wieder stehenbleibend und einen langen Blick zurückwerfend, hinter ihnen her.

„Ich möchte, Justus, dass auch du gehst", meinte Lakota, als sie allein mit den Banditen waren. „Bitte versteh' mich und vertraue mir, ich muss mit ihnen allein sein."

Justus schaute seinen Freund zuerst erstaunt an, dann umarmte er ihn und meinte, wobei sich seine Augen mit Tränen füllten: „Ist gut, Lakota, ich weiß, du wirst das Richtige tun."

Lakota schaute ihm nach, wie er, das rechte Bein etwas nachziehend, zu den anderen ging.

Er fühlte sich leer und ausgebrannt, der Hass hatte ihn in all den Jahren hohl und gefühllos gemacht.

Die beiden Mörder, Wotan hatte sie eindeutig überführt, mussten aufstehen, er trieb sie vor sich her, zu einer neben dem knorrigen Stamm einer Fichte mächtig aufragenden Termitenburg. Die Kerle, als sie zu ahnen anfingen, was ihnen blühen könnte, fingen laut an um Gnade zu betteln.

„Gnade?", meinte Lakota bitter, sein Gesicht war hart wie gemeißelter Stein. „Gnade, was für ein Wort aus dem Munde eines brutalen Mörders. Das kleine Mädchen und der schwarze Mann in der Hütte am See, wo war sie da, eure Gnade?"

Er riss ihnen bis auf die grauschmutzigen, ausgeleierten Unterhosen die Kleider vom Leib, fesselte sie an den harzigen Stamm der Eiche, dann stopfte er in ihre keifenden Münder ihre Halstücher. Er nahm vom Termitenhügel reichlich Material, welches aus Nadeln und Erde bestand, und stellte damit eine Verbindung zum Stamm und zu den Männern daran her. Dann setzte er sich mit verschränkten Beinen davor und schaute zu, wie die großen, hellroten Ameisen, zuerst suchend umherirrend, dann immer emsiger werdend und an der Zahl zunehmend, den neuen Weg annahmen. Er schaute zu, wie sich die Körper der Männer mehr und mehr mit den Insekten bedeckten, hörte ihr gequältes Wimmern, sah ihre entsetzt aufgerissenen Augen, die drohten aus den Augenhöhlen zu quellen, und wie sie sich in ihren Fesseln wanden.

Lakota schloss die Augen und setzte mit der Atmung aus, bis ihm die Sinne schwanden. Er sah klar und deutlich seine Schwester Ethele vor sich, sah ihr liebliches, zartes Antlitz, wie müde und verzagt es war, weil keiner sie verstehen wollte. Er sah ihr trauriges Lächeln und hörte ihre liebe Stimme. „Behalte ihn, Lakota, bei dir ist er gut aufgehoben", hatte sie gesagt, als er für sie einen jungen Mustang eingefangen hatte, um sie aufzuheitern. Alle im Dorf bemühten sich, sie zu trösten, aber nichts half, bis Justus kam, da blühte sie auf wie ein verdorrtes Pflänzchen. Sie war ihm von Herzen gut, folgte ihrem Gefühl, ihrer inneren Stimme und fragte nicht nach dem Wohin oder ob es sich geziemte. Sie tat das Richtige, denn sie war glücklich. Lakota hörte die Worte seiner Großmutter, „Weise Eule", die mit gütigem Lächeln auf ihn, den Knaben, herabsah. „Ihr seid Komantschen", sagte sie, „ihr denkt mit dem Herzen. Unsere Götter sind gütig, sie ernähren und behüten uns und stehen uns in Gefahren bei, sie weisen uns den rechten Weg und wollen keine Rache, die uns zerstört. Die Götter der Weißen aber sind ohne Erbarmen, wer ihnen folgt, sieht und fühlt mit dem Kopf. Das wird dereinst ihr Verhängnis sein.

Lakota füllte seine Lungen tief mit der frischen Luft des frühen Morgens und öffnete die Augen. Er sah die zwei elenden Gestalten am Baum, die über und über mit Krabbeltieren bedeckt waren, ihre zuckenden Bewegungen waren schwächer geworden, ihr gequältes Röcheln und Stöhnen leiser. Diese jämmerlichen, rohen Verbrecher hatten nichts mit seiner Schwester oder seinem Stamm zu tun. Sie morden, aber sie werden niemals die Würde eines Komantschen, seinen Stolz auf seine Ahnen, auf seine Herkunft und seine Liebe und sein Vertrauen zu den Göttern zerstören können. Ethele war eine Indianerin, stolz, tapfer und glücklich, wenngleich auch nur für eine kurze Zeit.

Lakota erhob sich, wankte etwas, ging dann wie ein Traumwandler zum Baum und band die zwei Gestalten daran los. „Kommt", meinte er, warf ihnen ihre Klamotten zu und ging, ohne sich um sie oder die Ameisen, die nun auch auf ihm herumkrabbelten, zu kümmern, zurück zum nun in der Morgensonne rot aufglühenden Felsen. Die zwei Halunken folgten ihm schleppend, stöhnend, die Ameisen auf ihnen wurden weniger, sie hinterließen große, blanke Fleischstellen. Am Fels angelangt, befahl ihnen Lakota zu warten, die dort hockenden gefesselten Banditen betrachteten entsetzt ihre arg zugerichteten Kumpane.

Lakota ging zu den anderen und ließ sich wortlos mit über-geschlagenen Beinen am Feuer nieder, eine wohltuende Er-schöpfung erfasste ihn, eine Art Befreiung von einer schwe-ren Last, niemand störte ihn. Nach einer Weile erhob er sich, ohne etwas zu sich genommen zu haben, und mahnte zum Aufbruch.

Als Justus ihn besorgt fragend anschaute, meinte er: „Es ist gut, mein Freund, der Rache ist Genüge getan. Bringt die Schurken zum nächsten Sheriff- Office, wo man über sie richten mag. Zwei von ihnen werden einen Arzt brauchen."

Justus nahm ihn am Arm und zog ihn etwas beiseite. „Willst du nicht mit mir kommen, Lakota? Jetzt, wo alles vorbei ist?", bat er.

„Später vielleicht, wenn Nadja größer sein wird", meinte Lakota. „Ich werde mit ihr die Herde zurücktreiben."

„Das könnten doch auch meine Boys tun, sie sind erfahrene Rinderhirten", drängte Justus. „Nadja kann mit uns kom-men, meine Eltern würde es sehr freuen."

„Vergiss nicht Justus, sie ist auch die Tochter der Walkers. Wenn du das nächste Mal kommst, werden Nadja und sie erfahren, wer ihre leiblichen Eltern sind. Es ist an der Zeit, wir haben es Nadja versprochen.

Sie traten die Glut aus und packten ihre Becher und Brotbo-xen in die Satteltaschen. Während Lakota und Nadja mit ihren Pferden und mit Wotan zur Herde gingen, verarztete Abdolo notdürftig die erbärmlich zugerichteten Körper der zwei Banditen und befreite sie von ihren Knebeln, nicht aus

Mitleid, sie waren Etheles Mörder und die des schwarzen Mannes, er tat es, weil es die ärztliche Ethik so wollte. Obwohl sie Höllenqualen haben mussten, verfluchten sie die Rothaut, die ihnen das angetan hat und schickten sie mit der ganzen verfluchten Indianerbrut zur Hölle.

„Seid froh", meinte Abdolo, mühsam bemüht, seinen Zorn zu bezwingen, „dass ihr nicht dort landet, ehe wir den nächsten Doc erreicht haben werden." Er zog ihnen ohne besondere Rücksicht ihre Kleider über die geschundenen Körper, sie fluchten dabei zum Herzerweichen, und umwickelte ihre offenen Füße dick mit dem Mullverband, den er in seiner Satteltasche dabei hatte. Er ließ sie einen Schluck aus seiner Wasserflasche trinken und half ihnen auf ihre Pferde.

Justus und seine Cowboys, schon in den Satteln sitzend, warteten, bis auch die anderen Banditen und Abdolo in den Satteln saßen, dann setzte sich der kleine Trupp in Bewegung. Die zwei halbtoten Halunken brauchte man nicht zu fesseln, an eine Flucht war bei ihnen nicht zu denken.

Wer den Weg nicht kennt, weiß nicht,
ob er begehbar ist und wohin er führt.

Der Mensch ist keine Insel.

Als sie gegen Mittag die Herde bis zu der Stelle getrieben hatten, wo vor zwei Tagen Mister Walker und seine Leute ihre Spur verloren hatten, sahen sie schon von Weitem, wie sie, ihre Hüte schwenkend und laut rufend und jauchzend heran geprescht kamen. Mister Walker und Jasmin kamen etwas langsamer nach.

Vor Lakota, Nadja und dem Hund stoppten sie ihre Pferde und konnten beim Anblick der Herde kaum ihren Augen trauen. Gerry meinte: „Verdammt nochmal, Lakota, wie hast du das hingekriegt?"

„Justus und Abdolo haben uns geholfen, die Viehdiebe zu fangen", meinte Nadja mit vor Eifer geröteten Wangen. „Sie hatten sich in der Schlucht der „Heißen Winde" versteckt. Es war ganz leicht, sie zu kriegen. Ich glaube, einer von ihnen ist ein Mörder, nicht wahr, Lakota?"

Lakota nickte. „Ja", meinte er nur. „Justus und Abdolo, mein Stammesbruder, bringen sie gerade zum nächsten Sheriff-Office, wo sie auf ihre Richter warten werden."

„Und auf ein Zimmer mit Stahlgardinen und dicken Mauern", ergänzte Gerry mit bitterem Spott, „so wie es Viehdieben zusteht. Vielleicht auch der für Mörder speziell reservierte Stuhl."

Mister Walker war erleichtert, nicht nur wegen der Herde. „Lasst uns eine kurze Rast einlegen", meinte er. Aidem, du hast doch noch vom Fisch, er muss unbedingt gebraten und gegessen werden."

Sie stiegen ab und fachten routiniert ein Feuer an, die paar Lachse, schon ausgenommen und bratfertig, waren schnell auf einen dünnen Ast gespießt und über dem Feuer langsam drehend gebraten, was Nadja übernahm. In den Thermo- und Wasserflaschen von Mister Walkers Truppe war noch genug Wasser vom Bach, um damit Kaffee kochen zu können. Wotan durfte aus Lakotas Hand ein wenig Wasser schlürfen. Er hatte es sich redlich verdient.

Als sie um das Feuer saßen und aßen und tranken, meinte Mister Walker, Lakota nachdenklich betrachtend: „Weißt du, Lakota, das Dorf in den Bergen, das Dorf deines Stammes, ein Hurrikan hat es zerstört."

„Ich weiß", meinte Lakote ruhig. „Justus hat es mir gesagt. Er hat meinem Stamm ein schönes Stück Land, ein Stück Heimat gegeben, dafür bin ich ihm sehr dankbar. Meiner Mutter geht es leider nicht gut und Großmutter ist schon vor Jahren friedlich gestorben. Sie ruht dort, wo viele unserer Stammesmitglieder ruhen. Es ist gut, dass ihr der Hurrikan und die Umsiedlung erspart geblieben sind."

Jasmin bewunderte im Stillen die überlegene Gefasstheit des Indianers. Er war zurückhaltend wie ehedem und schien sie, Gerrys Freundin, kaum wahrzunehmen. Dass die Herde gefunden war, wenn auch nicht von ihnen, das freute sie natürlich sehr, schon wegen Gerry.

Lakota und Nadja wollten die Herde allein zurücktreiben, für Lakota anscheinend ein Bedürfnis, letztlich wurde sie unter seiner Obhut gestohlen. Für die anderen war nur wichtig, dass sie vollständig und offensichtlich im guten Zustand gefunden war, im Grunde hatten sie das von Lakota erwartet. Die kleine Nadja machte, stellte Jasmin fest, einen ungewohnt lebhaften und zufriedenen Eindruck.

„Die Hunde", erkundigte sich Lakota, „man hat sie getötet, nicht wahr?"

„Ja, Lakota", meinte Gerry ernst, „aber Lars hat überlebt, zumindest lebte er noch, als wir ihn das letzte Mal sahen. Dad hat ihm eine Pfeilspitze aus der Hinterhand entfernt, sie hatte übrigens die Farben der Komantschen. Harry und Jerry aber sind tot, wir haben sie am Rande der Senke begraben."

Lakota nickte und streichelte seinem Hund, der fragend zu ihm aufschaute, über den Kopf.

„Hätte uns eine Menge Ärger erspart, Lakota, wenn du Bescheid gegeben hättest", musste Mister Walker dann doch noch bemerken. Im Grunde aber war er froh, dass sich seine Befürchtung, Lakota könnte den Indianern, seinen Stammesbrüdern, falls sie die Viehdiebe gewesen wären, geholfen haben, nicht bestätigt hatte. Fast schämte er sich wegen dieses absurden Verdachts.

Sie traten mit ihren dicken Stiefelsohlen das Feuer aus und machten sich fertig zum Weiterritt.

Mister Walker, Gerry und Jasmin ritten vor, sie wollten noch vor dem Abend die Farm erreicht haben, um dort Bescheid zu geben, dass die Herde gefunden ist und zurückkommen würde. Maik und Aidem blieben bei der Herde, um sie mit Lakota und Nadja zur Senke zurückzutreiben.

Am zweiten Tag, nachdem die Herde wieder in der Senke stand, ließ sich Mister Walker von Franky nach Salina fahren, wo er im Rathaus von den freigespülten Gräbern im Wald hinter dem Moonlake, nah Pikes-Peak berichtete. „Wahrscheinlich", meinte er, „ist es im letzten Jahr während des Hurrikans passiert."

Danach ließ er sich zu dem Doc bringen, der ihre Tiere, wenn nötig auch die Leute auf der Ranch ärztlich versorgte und ließ sich von ihm seinen dicken Fuß sachgerecht schienen und mit einer elastischen Binde einwickeln. Der Arzt gab ihm eine stabile Krücke mit, die er in den nächsten Wochen wohl brauchen würde.

„Ich habe demnächst in eurer Gegend zu tun, Walker", meinte er abschließend, „ich komme also gelegentlich vorbei und schau' mir deinen Fuß noch einmal an."

„Wäre nicht schlecht, Doc", meinte Mister Walker. „Dann könntest du auch nach unserm Hütehund Lars schauen, ich musste ihm letzte Woche eine Pfeilspitze aus der Hinterhand schneiden. Es geht ihm etwas besser, er frisst wieder. Jerry und Harry, meine beiden anderen Hunde, sind leider tot."

„Indianer?", fragte der Arzt. „Hattet ihr einen Indianerüberfall?"

„Nein, es waren weiße Banditen, Doc", winkte Mister Walker ab. „Halunken, die einen Indianerüberfall vortäuschen wollten und unsere Herde stahlen. Ihr Pech, dass Lakota ihnen auf den Fersen war, sie einfing und dafür sorgte, dass sie einem Police-Office übergeben wurden. Er hat die Herde zurückgebracht, dieser Teufelskerl. Wir sind froh, dass wir ihn haben."

„Trotzdem", meinte der Arzt, „er ist ein Indianer und Indianer sind von Natur aus verschlagen und hinterlistig. Ich wäre an deiner Stelle vorsichtig."

Mister Walker lachte und stülpte sich seinen Hut über den Kopf. „Schon klar, Doc", meinte er, „aber wem willst du heutzutage überhaupt noch trauen?"

Franky hatte den verwundeten Hund, als es ihm etwas besser ging, zur Ranch gebracht, bei der Mutter wäre er besser aufgehoben wie auf der Weide draußen, hatte er gemeint. Außerdem brauchten sie dringend Nachschub an Kaffee, Brot, Speck und Bohnen. Mit den paar Rindern würde Will kurzfristig auch allein zurechtkommen.

Als dann die Herde wieder in der Senke stand, konnte auf der Ranch wieder die gewohnte Arbeit aufgenommen werden.

Lakotas Hund Wotan aber vermisste seine zwei Kumpels, die auch seine Jungen waren, anfangs sehr. Als er sie nicht finden konnte, trauerte er um sie und fraß kaum noch was. Erst als es Lars etwas besser ging, beruhigte er sich ein wenig. Dennoch ließ er nicht davon ab, draußen auf der Weide nach ihnen zu suchen, und wenn seine Suche erfolglos blieb, kläglich und herzerweichend zu winseln.

Er begleitete Lakota nach wie vor auf seinen manchmal Stunden andauernden Kontrollritten, dabei vergaß er anscheinend kurzfristig seinen Verlustschmerz. Wotan war dabei, als Lakota das Gerüst am Flüsschen neu zusammenfügte, den abgeschnittenen Wasserschlauch mit einem neuen Schlauchstück verband und verlängerte, auf dem Gerüst befestigte und ein Stückweit in den Fluss hinein verlegte.

Beim Zurückreiten sah Lakota neben dem Wasserfall Gerrys schönen, braunen Hengst und die Stute Ute an einem Baum gebunden stehen. Er stieg ab, ging zur Felskante und schaute hinab. Unten sah er im kleinen See, mitten in der schäumenden Gischt des Wasserfalls Gerry und das schöne German-Girl stehen, sie lachten und lärmten, was durch das Rauschen des Wasserfalls mehr zu erahnen, als zu hören war.

Lakota war von dem unbeschwerten, heiteren Glück der zwei jungen Menschen fasziniert und betroffen zugleich, es wurde ihm schmerzlich bewusst, dass er allein war und sich nach einem Glück wie diesem sehnte. Sein Lebensziel, die Rache an den Mördern seiner Schwester Ethele, war erreicht, zurückgeblieben sind Leere und Einsamkeit.

Kurz vor Jasmins Abreise kam Justus auf die Ranch, er hatte, wie er sagte, in der Nähe zu tun. Weil zufällig die gesamte Walker Familie anwesend war, auch Lakota, was selten genug vorkam, hatte Frau Walker eine Apfeltart gebacken. Der köstliche Duft von Äpfeln und Zimt breitete sich im Haus und im Hof, bis in die Ställe hinein aus und lockte bald die Familie in die Küche.

Als alle da waren und am Tisch saßen und Frau Walker und Silvie, ihre etwas tapsige, aber umso eifrigere Hausgehilfin den Kuchen auf den Tisch gestellt und auf die Teller verteilt hatten, Silvie mit einem Tablett mit Kuchen nach draußen verschwunden war, um den Boys in den Ställen auch davon zu bringen, da meinte Lakota die günstige Situation nützen zu müssen. Er verständigte sich mit Justus mit einem Blick, und als dieser zustimmend nickte, meinte er: „Es ist gut, dass heute alle da sind, denn Justus und ich haben euch etwas zu sagen."

Nadja horchte auf. Würden die beiden nun endlich mit dieser unglaublichen Geschichte herausrücken, mit dem Mord an Justus Freundin, die er nicht vergessen konnte? Sie hatten versprochen, es zu tun. Frankie legte seine Kuchengabel neben seinem Teller ab und schaute Lakota geduldig abwartend an. Auch Gerry und Jasmin schauten Lakota interessiert an, aber ließen sich ansonsten nicht von ihrem wunderbaren Apfelkuchen abhalten. Mister Walker hörte zu essen auf, ihn ergriff ein ungutes Gefühl, normalerweise wandte sich Lakota, wenn es etwas Wichtiges zu bereden gab, direkt an ihn. Frau Walker lächelte Lakota aufmunternd zu und meinte: „Nur zu, Lakota, was wollt ihr uns denn sagen?"

„Es ist an der Zeit", meinte Lakota und schaute dabei Nadja fest an, „dass ihr und vor allem Nadja erfahrt, woher sie kommt und wer ihre leiblichen Eltern sind."

Alle am Tisch schauten ihn entgeistert an, Frau Walkers Lächeln verkrampfte sich etwas, sie holte ein Taschentuch aus ihrer Rocktasche, wischte sich damit über die Stirn und räusperte sich. „Okay, Lakota", meinte sie. „Aber warum gerade jetzt? Gibt es dafür einen Anlass?"

„Allerdings, Frau Walker", übernahm jetzt Justus das Wort, er lächelte, aber seine Augen blieben ungewohnt ernst. „Nadja ist nun sechzehn Jahre alt, so alt, wie ihre Mutter war, als sie sterben musste. Wenn sie es will, dann soll sie wissen, weshalb Lakota sie damals zu euch brachte. Für euch alle dürfte es wichtig sein, es zu wissen."

„Du meinst", fragte Nadja überrascht, „ihr wisst, wer meine Eltern sind? Ich bin also kein Findelkind? "

Plötzlich erfüllte sie eine lähmende Spannung, ein Unbehagen, wollte sie das überhaupt wissen? Saß ihre Mutter nicht hier am Tisch, zusammen mit dem Vater und den Brüdern? Eine andere Familie wollte sie nicht, konnte sie sich nicht vorstellen. Dennoch sagte sie wie unter einem inneren Zwang: „Ja, natürlich will ich es wissen."

Als von niemanden ein Einspruch kam, fuhr Lakota ruhig fort: „Nein, Nadja, du bist kein Findelkind. Deine Mutter war Ethele, meine Schwester. Sie, Justus, Abdolo, mein Stammesbruder, den du bei der Schlucht kennengelernt hast, und ich besuchten in Denver eine Schule. Dort haben sich Ethele und Justus ineinander verliebt."

Justus kratzte sich verlegen am Hinterkopf, es war doch nicht ganz so einfach wie gedacht, Nadjas fragende Blicke auszuhalten.

„Aber Ethele war ein Indianermädchen", fuhr Lakota fort, „es war ihr nicht erlaubt, einen Weißen zu lieben. Soweit ich weiß, ist das bis heute ein absolutes Tabu bei allen Indianern. Folglich mussten die beiden, um beisammen sein zu können, fortgehen. Sie fanden bei einem dunkelhäutigen Mann, einem Fallensteller, dessen Hütte versteckt in den Bergen lag, vorläufigen Unterschlupf.

Aber Justus verunglückte, er geriet mit dem Fuß in eine Falle und musste für eine lange Zeit ins Krankenhaus. Wie ihr wisst, musste ihm der Unterschenkel amputiert werden. Ethele und Axel, so hieß der schwarze Mann, wurden in der Hütte überfallen und ermordet. Wäre Justus bei ihnen gewesen, dann wäre er mit großer Sicherheit auch tot. Jedenfalls fanden Justus und ich die beiden in Axels Hütte, man hatte sie ermordet. Und wir fanden das Kind, das Ethele inzwischen geboren hatte. Es lebte."

Lakota schwieg, er schaute Nadja prüfend an. Wie würde sie es aufnehmen?

„Und dieses Kind war ich, meinst du?", murmelte sie.

Lakota nickte. „Ja, Nadja, dieses Kind warst du. Ethele, meine Schwester, ist deine Mutter und Justus ist dein Vater."

Er schaute sie gerührt an, er wusste, man mutete ihr mit der Tragödie ihrer Geburt und dass Justus, bisher ein kumpelhafter Freund, nun plötzlich ihr leiblicher Vater sein soll, viel zu. Es musste sie wie ein Blitz treffen.

Silvie kam mit dem leeren Tablett herein und blieb abrupt an der Tür stehen, sie war vielleicht ein klein wenig begriffsstutzig, aber dass hier etwas Außergewöhnliches, höchst Familiäres vorging, begriff sie sofort.

„Ich glaube, die Hunde brauchen frisches Wasser", murmelte sie und war schon wieder weg.

Für Justus kam die kleine Störung genau richtig, um mit seiner Ergriffenheit fertig zu werden. Dass Lakota so ruhig bleiben konnte, tat ihm gut. Er schaute liebevoll auf Nadjas gesenkten, dunklen Scheitel und ergriff das Wort

„Wir konnten das Kind nicht behalten", meinte er bedauernd, „und so suchte Lakota gute Menschen, die sich darum kümmern konnten. Er fand euch, liebe Familie Walker, bessere Eltern und Brüder hätte sie nicht haben können. Ihr habt Nadja wie ein eigenes Kind angenommen, habt sie umsorgt und behütet, dafür sind wir, Lakota und ich, unendlich dankbar. Auch Lakota blieb, wegen Nadja und auch, um nach den Mördern seiner Schwester Ethele und von Axel, ihrem Beschützer, zu suchen und zu forschen. Wotan, Axels Hund, blieb bei ihm, er half schließlich ganz entscheidend die Mörder zu identifizieren. Nun, Nadja, ist es an der Zeit, dass du ….."

„Wozu ist es an der Zeit?", unterbrach ihn Mister Walker mit einem drohenden Unterton.

„Es ist an der Zeit, Mister Walker", meinte Justus, ihm fest in die Augen schauend, „dass Nadja auch ihre andere Familie kennenlernen. Meine Eltern würden sich sehr freuen, sie zu sehen, es ist ihr größter Wunsch. Aber es liegt ganz und gar bei dir, Nadja, ob und wann du es willst, es hat keine

Eile. Die Walkers bleiben deine Familie, selbstverständlich, wir sind ihnen, wie schon gesagt, unendlich dankbar."

Nadja hatte die ganze Zeit über, während Justus sprach, ihn angesehen, traurig und forschend, so als müsse sie in den vertrauten Zügen ergründen, was sich in den wenigen Minuten, in denen sie hier am Tisch saßen, geändert hatte. Dann fragte sie: „Die Viehdiebe, haben sie meine Mutter umgebracht?"

„Ja, Nadja", antwortete Lakota. „Einer von ihnen trug ein von ihr handgefertigtes Stirnband, das hat sie verraten. Wotan überführte sie dann endgültig, er hat die Mörder seines Herrn und seiner Schutzbefohlenen nie vergessen. Abdolo hat sie ihren Richtern zugeführt, sie haben und werden ihre gerechte Strafe bekommen.

Nadja saß still, mit gesenkten Augen, einzelne Tränen kullerten über ihre Wangen. Dann schaute sie mit festem Blick ihre Pflegeeltern, dann die Brüder an und meinte: „Es ist gut, dass ich es weiß."

Dann stand sie auf, murmelte eine Entschuldigung und eilte hinaus.

„Tja", meinte Frau Walker, als danach eine beklemmende Stille eintreten wollte, „der Kuchen wird wohl jetzt auf sie warten müssen. Er ist noch warm, so schmeckt er am besten. Wir sollten ihn essen." Ihr Lächeln, das aufmunternd wirken sollte, fiel etwas verkrampft aus. Die Runde am Tisch folgte ihrem Beispiel und aß den Kuchen auf ihren Tellern, aber er wollte längst nicht mehr so gut schmecken, wie zuvor.

Keine Frage, die Welt drehte sich weiter, der Frühling verhieß einen Neuanfang des ewig gleichen Kreislaufs, nur dass der sympathische Mann am Tisch, den man wegen seines frohen Naturells mochte, aber nicht besonders gut kannte, er war eben Lakotas langjähriger Freund, dass dieser Mann, der im Augenblick ungewöhnlich ernst dreinschaute, der leibliche Vater ihrer Tochter sein wollte.

Nadja war bei den Hunden, als Frau Walker kam und sich neben sie ins Stroh kniete. Man hatte Lars, solange er noch schwach war, im relativ warmen Stall untergebrach. Silvie war ins Haus zurückgekehrt, um in der Küche zu helfen.

„Was meinst du, Nadja", fragte Frau Walker und kraulte Lars sanft hinter den gespitzten Ohren, „keine vierzehn Tage, schätze ich, dann werden wir ihm den Verband abnehmen können, und nochmal vierzehn Tage und er ist fit genug, um auf der Weide seine Arbeit wieder aufzunehmen."

„Er ist so tapfer, Tante Elizabeth", stimmte Nadja zu, „ein wirklich guter Hund, aber er wird die Herde nicht allein bewachen können. Wotan ist alt und außerdem Lakotas Hund, er kann ihm nicht mehr helfen."

Wotan, der schläfrig nebenan im Stroh lag, hob, als er seinen Namen hörte, den Kopf und blinzelte Nadja an.

„Das ist wahr, Nadja", stimmte Frau Walker ihrer Tochter zu. „Aber du weißt, Onkel Karl schwört auf diese Rasse, wir brauchen unbedingt Welpen von Lars. Ich schlage vor, wir bringen ihn noch in diesem Frühjahr zu Sanders, auf ihre Farm, wo er eine Weile bei ihrer Hündin Kaska verbringen kann, sie ist die Richtige für ihn. Willst du das übernehmen,

Nadja, vielleicht mit Gerry zusammen? Er kennt sich mit Hunden sehr gut aus."

„Okay, Mam, dass machen wir, ich freue mich schon darauf. Aber dass Jerry und Harry tot sind, ist wirklich schrecklich, sie waren so tolle Hunde. Im Übrigen, Tante Elizabeth, was ich dir sagen will, ich habe Justus gern, sehr sogar, wenn er nun mein leiblicher Vater ist, wird sich daran gar nichts ändern. Ich habe dich und Onkel Karl und Frankieboy und Gerry sehr lieb, auch Lakota und die Boys. Ich bin sehr froh, dass ich hier bin, bei euch und ihr meine Familie seid."

Frau Walker nahm ihre Tochter gerührt in die Arme und weinte leise, es war ein befreiendes, glückliches Weinen. „Du weißt gar nicht, Liebling, wie glücklich du mich machst", flüsterte sie. „Wir lieben dich, Nadja. Du bist unsere liebe Tochter und das ist wunderbar."

Als Justus sich verabschiedete, war Nadja nicht zu sehen. „Ist schon in Ordnung", meinte er verständnisvoll, „es war ein bisschen viel für sie, vorhin. Jedenfalls würde es mich und meine Eltern freuen, wenn ihr einmal mit Nadja bei uns vorbeikämet. Dann könntet ihr euch unsere Herden anschauen, sie sind den euren durchaus ebenbürtig. Einige Jungbullen sind reif für den Verkauf. Vielleicht seid ihr interessiert?"

„Das machen wir, Justus", versprach Mister Walker und klopfte Justus freundschaftlich auf die Schulter. „Womöglich noch in diesem Frühjahr. Wir telefonieren."

„Komm, wann immer du willst vorbei, Justus", meinte Frau Walker und wischte sich verlegen einige Tränen aus den

Augenwinkeln. „Für dich gibt es immer ein Stück Apfelkuchen und einen Pott Kaffee."

„Danke, Frau Walker, das ist sehr nett."

Justus klopfte Frankie auf die Schulter, zu Gerry meinte er hinter vorgehaltener Hand: „Feines Mädel, dein Germany Girl, Gerry, gratuliere." „Danke", meinte Gerry und lächelte geschmeichelt. Jasmin, die oben auf der Veranda stand, winkte Justus zu, zwar konnte sie seine Worte nicht verstehen, aber dass sie sie betrafen, das war nicht zu übersehen gewesen.

Dann ritt Justus aus dem Hof und Richtung Saline River davon. Er hatte einen langen Weg vor sich.

Gerry hatte Jasmin wie versprochen die Stadt Salina gezeigt, unter anderem die Freiheitsstatue Lady-Liberty, so genannt, weil sie im Park vor der National-Bibliothek stand. Er zeigte ihr die aus Ziegeln erbauten Kirchen und die Kathedralen aus den Gründerzeiten, das Militär-Flugzeugwerk und das prächtige Rathaus. Jasmin war beeindruckt, aber dann wollte sie lieber mehr vom Land sehen.

Schließlich war es Frühling und die Natur zeigte mit jedem Sonnentag mehr ein freundlicheres Gesicht. An den Bäumen und Büschen zeigten sich erste Triebe und Knospen, die Hügel und Weiden grünten sacht, ein leichter Windhauch strich darüber hinweg.

Die brave Stute Ute genoss es ganz offensichtlich, am Ufer des Saline Rivers entlang zu galoppieren, Jasmin hatte sich inzwischen sehr mit ihr vertraut gemacht. Es war ihr eine

Freude, auf dem geschmeidigen Pferderücken zu sitzen, die warmen Sonnenstrahlen auf dem Gesicht zu spüren, sich den milden Windhauch um die Nase wehen zu lassen und das flüsternde Rauschen des Baches und das Knirschen des Kieses unter den Hufen der Pferde zu hören. Ein Bedauern mischte sich jedoch mit jedem Tag mehr, in dem der Abschied näherkam, unter dieses Vergnügen. Ein Bedauern, nun bald von hier weggehen zu müssen.

Wieder waren sie unterwegs, als Gerry, der etwas vorausgeritten war, sich umwandte und Jasmin fragte: „Hab' ich dir zu viel versprochen, Jessy? Ist es hier nicht wunderschön?"

„Es ist traumhaft, Gerry. Was hältst du davon, wenn wir noch einmal, ein letztes Mal zum Wasserfall reiten? Er muss doch hier in der Nähe sein?"

„Gern, Jessy. Das wollte ich dir gerade auch vorschlagen."

Wie immer, wenn sie hier waren, banden sie ihre Pferde an den gewohnten Baum und kletterten auf dem Kletterpfad hinab zum kleinen Sandstrand, den die Wellen an einer Stelle angeschwemmt hatten. Sie ließen sich darauf nieder, Jasmin legte den Kopf in den Nacken und schloss die Augen, um sich ganz der Atmosphäre, dem Rauschen und dem kühlen Sprühnebel des Wasserfalls hinzugeben.

Da hörte sie dicht an ihrem Ohr Gerrys flüsternde Stimme: „Ich liebe dich, German-Girl. Willst du mich heiraten?"

Jasmin sah ihn überrascht an.

Gerry kniete vor ihr im Sand, sein sonst so freches Gesicht hatte einen fragenden, bittenden Ausdruck angenommen. Noch einmal fragte er: „Jasmin Wissmann, willst du mich heiraten. Ich werde dich stets auf Händen tragen und dir jeden Wunsch von den Augen ablesen, das verspreche ich. Du bist die Liebe meines Lebens, Jasmin. Willst du mich heiraten?"

Jasmin hätte beinahe aufgelacht, aber die Ernsthaftigkeit, mit der Gerry dies vortrug, verbot es ihr.

„Komm, Gerry, setz' dich neben mich und lass uns vernünftig reden", meinte sie.

„Vernünftig reden?" Gerry setzte sich neben sie, in seinen Händen hielt er ein kleines Etui, es enthielt zwei schlichte Silberringe, in denen ihrer beider Initialen eingraviert waren. Er wollte nicht vernünftig mit ihr reden, soweit ein Heiratsantrag unvernünftig sein konnte, er wollte sie bitten, ihn zu heiraten.

„Du weißt, Gerry", meinte Jasmin und ergriff seine Hand, „ich würde alles für dich tun, von mir aus auch bis ans Ende der Welt mit dir gehen, aber heiraten, das kann ich dir nicht versprechen, ich weiß es nämlich nicht. Ich bin mir nicht sicher. seit ich einen anderen Mann kennengelernt habe."

Gerry schaute sie fassungslos an und zog seine Hand zurück. „Ich versteh' nicht, Jessy. Was sagst du da?"

„Ja, Gerry, ich glaube, es wäre nicht fair, deinen Antrag anzunehmen. Es tut mir sehr leid."

„Oh, mein Gott. Und was du da gerade tust, Jessy, das nennst du fair? Ist das fair?"

„Nein, Gerry, das ist es nicht, verzeih. Weißt du, ich glaubte zu wissen, nein, ich war mir sicher, dass wir zwei zusammengehören, aber jetzt weiß ich gar nichts mehr. Wahrscheinlich werde ich überhaupt nicht heiraten. Frage nicht warum, ich kann es dir nicht sagen. Du hast keine Schuld, Gerry, du bist wunderbar, deine Familie ist wunderbar, ich mag die Menschen hier, ihre Eigenständigkeit und Tapferkeit, wie souverän sie mit ihren Problemen umgehen. In Deutschland ist das anders, da rennen die Leute wegen jedem Peanuts zum Anwalt und vor Gericht. Übermorgen muss ich abreisen, Gerry, ich hoffe nur, du bist mir nicht allzu böse, ich könnte es nicht ertragen. Die Reisekosten werde ich dir natürlich ersetzen, irgendwie, wahrscheinlich muss ich sie abstottern. Es tut mir so leid, Gerry, auch wegen deiner Familie, ich habe sie alle ins Herz geschlossen."

„Ich versteh' es nicht", meinte Gerry mit abgewandtem Gesicht. „Wen hättest du denn hier kennenlernen können? Außer Rinder und Cowboys gibt es hier doch nichts. Warum tust du mir das an, Jessy?"

Jasmin sah, wie er litt, sie hätte ihn gern tröstend in die Arme genommen, aber das wagte sie jetzt nicht. Vielleicht hatte sie ihn verloren. Das wäre das Letzte, was sie wollte. Aber was wollte sie überhaupt?

„Du machst mir den Abschied nicht leicht, Gerry", meinte sie niedergeschlagen. „Aber vielleicht können sich die Dinge, wenn wir uns eine Weile nicht sehen, wieder ordnen.

Aber ich komme wieder, Gerry, sobald ich mein Studium geschafft habe oder auch nicht, egal. Ich komme wieder, wenn du nichts dagegen hast. Das verspreche ich."

„Und was mache ich mit den zwei Ringen hier?", meinte Gerry und schaute sie unendlich traurig an. „Sie sind nur für dich und für mich gemacht. Wir werden auf dich warten, Jessy, wenn es sein muss, bis du dein dummes Studium beendet hast. Ich liebe dich, glaubst du, das kann ich einfach so ablegen wie ein Hemd? Glaubst du das?"

Plötzlich rannen Tränen über Jasmins Wangen, „Lieber Gerry", meinte sie zerknirscht, „es war eine wunderschöne Zeit hier bei dir und deiner wunderbaren Familie, in diesem wilden, freien Land mit seinen naturverbundenen Menschen. Ich werde es zu Hause, in der Enge und Fürsorge meiner Eltern nicht mehr aushalten können. Ständig mailt Papa, welche Sorgen er sich um mich macht, weil ich mich nicht melde."

Jasmin nahm Gerrys Hände in die ihren und legte sie auf ihre Wangen, er nahm es zögernd, mit einem schiefen Lächeln hin. „Verzeih mir, Gerry", las er von ihren Lippen, das Rauschen des Wasserfalls übertönte ihr Flüstern. „Ich kann es nicht ertragen, wenn du traurig bist. Darf ich dich umarmen?"

Gerry schüttelte den Kopf, dann breitete er die Arme aus und Jasmin schmiegte sich hinein. „Du bist das verrückteste Mädchen, das mir je untergekommen ist. Und ich dachte schon, nach Afghanistan kann mich nichts mehr erschüttern.

Wie soll ich das nur meinen Eltern beibringen, Mutter trägt sich schon mit Hochzeitsgedanken."

„Gar nicht, Gerry", meinte Jasmin bekümmert. „Die Zeit wird es bringen, nichts wird sich ändern. Wir bleiben Freunde, Gerry, wenn es nach mir geht ein Leben lang."

Sie lagen sich in den Armen, besprüht von der Gischt des Wasserfalls und umtost von seinem Rauschen. Es war ein Abschied, vielleicht kein endgültiger, aber einer für eine lange, lange Zeit.

„Wer ist es, Jessy", raunte ihr Gerry ins Ohr. „Ich werde ihn erschießen."

„Das ist nicht wichtig, Gerry. Wir bleiben Freunde, das müssen wir uns versprechen. Das allein ist wichtig. Komm, lass uns gehen, es wird langsam kühl."

Nie zuvor hatte sich Jasmin so eingeengt, so bevormundet und überwacht gefühlt, wie nach ihrer Rückkehr aus Amerika, nie war ihr die ständige Einmischung und Kontrolle, vor allem die des Vaters, so lästig gewesen. Sicher brachte das auch Vorteile mit sich, wie zum Beispiel die niedliche Dachwohnung, die sie sich mit Hilfe ihrer Eltern hatte ausbauen und einrichten dürfen, in Frankfurt waren die Zimmer in den Studenten-Wohnheimen unbezahlbar. Aber auch Lukas, der jüngere, jedoch zwei Köpfe größere Bruder bekam eine kleine Wohnung im Souterrain, ohne dass seine Freiheit dadurch sonderlich eingeschränkt wurde. Oder der Mercedes-Sportwagen, den Herr Wissmann für seine Tochter

215

kaufte, damit sie sicher und bequem zum zwei Orte entfernten U-Bahnhof kommen konnte und von dort aus nach
Frankfurt in die Uni. Lukas bekam dafür ein dickes Motor-
rad. er war eben der große, starke Junge.

Jasmin musste viel lernen, das Studium war hart, dennoch
vermisste sie mit jedem Tag mehr die Weite Kansas, die
wilde Natur und ihre eigenwilligen, einfachen Menschen.
Und sie dachte an einen Mann, der dort lebte und den sie
kaum kannte.

Die Jahre vergingen, der Abschluss ihres Master-Studiums
in Prävention-Medizin stand kurz bevor, als sie von Gerry
eine WhatsApp bekam. Er hatte sich seit längerem nicht
mehr gemeldet.

„Wie geht es dir, mein Augenstern", schrieb er. „Es wird
nun das vierte Mal Frühling und unsere Ringe haben ver-
geblich darauf gewartet, unsere Hände zu schmücken. Ich
werde heiraten, Jessy, ein liebes Mädchen von der Sander-
Ranch, sie ist schwanger von mir. Nun werde ich also doch
Rancher, mit Hunden habe ich auch da zu tun. Was machst
du? Bist du endlich mit dem Studieren fertig? Dein Gerry"

Das Bild darunter zeigte ein verlegen lächelndes, recht hübsches, aber belanglos aussehendes Mädchengesicht, um-
rahmt von hellem, glattem, schulterlangem Haar. Gerry neben ihr grinste verlegen und ein wenig herausfordernd, aber
seine Augen, so schien es Jasmin, waren traurig, sehr traurig.

Sie kuschelte sich in die Ecke ihrer Couch, eine unerklärli-
che Enttäuschung überfiel sie. Sie fing an heftig zu schluch-

zen, so dass Frau Wissmann heraufkam und an ihre Tür klopfte. „Was ist denn, Kleines? Kann ich hereinkommen?"

„Nein, Mama. Alles in Ordnung."

„Oh, Gerry", dachte sie niedergeschlagen, „Warum tust du das, du liebst sie doch nicht, das sieht man doch. Warum heiratet du dieses nichtssagende Mädchen, sie passt doch gar nicht zu dir, das ist ja geradeso, na, als wolle man eine Scheunentür mit einem goldenen Schlüssel aufschließen."

Bei aller Betroffenheit und Trauer war ihr durchaus bewusst, wie ungerecht sie war. Hatte sie denn gehofft, er würde ewig auf sie warten, ihr nachtrauern oder versuchen, sie zurückzuholen und um sie zu kämpfen? Hatte sie das in ihrem Innersten wirklich gehofft und erwartet? Aber warum musste er gleich heiraten, nur weil ein Mädchen sich hatte von ihm schwängern lassen. Er liebte sie doch nicht, das ist auf dem Bild doch deutlich zu sehen.

Jasmin wischte sich mit dem Handrücken energisch die Tränen ab, wühlte nach ihrem Handy, fand es unter den Kissen und kuschelte sich damit wieder in die Couchecke. Dann beantwortete sie Gerrys WhatsApp. „Hallo, Gerry, kommt ein wenig plötzlich, deine Hochzeit, und Vater wirst du auch noch, bin zu Tränen gerührt. Sonst alles okay und gesund auf der Ranch? Ich büffle gerade an meinem Abschluss-Examen. Lieben Gruß, Jasmin."

Während sie schrieb, keimte ein anderer Gedanke in ihr auf. Gerry wird heiraten, er wird eine Familie haben, eine Ranch bewirtschaften, er hat eine Aufgabe, ein Lebensziel gefunden. Nun war sie wirklich frei, frei für einen anderen, den sie nicht aus dem Kopf bekam. Zu dem sie sich, falls er es wollte, bekennen könnte.

Und als hätte Gerry telepathische Fähigkeiten, summte Jasmins Handy erneut, er hatte ihr schon geantwortet. „Hallo, Jessy, mein Augenstern", las Jasmin und musste unter Tränen lächeln, „wenn du dein Examen geschafft hast, dann komm doch einfach rüber und überzeug dich selbst. Lakota ist, seit er seinen Hund Wotan begraben musste, sehr oft bei seinem Freund Justus Timperline, um ihm auf seiner Ranch auszuhelfen. Nadja, die süße, bockige Kleine, ist sehr hübsch geworden und studiert in Wichita das Lehramt. Mam backt immer noch den besten Apfelkuchen in Kansas und Frankieboy und Dad schmeißen mit unseren Boys den Laden hier. Ich arbeite mich bereits fleißig auf der Ranch meines künftigen Schwiegervaters, Mister Sander, ein. Sag' ja, mein Augenstern, und komm'. Dein Gerry."

Jasmin antwortete sofort. „Ja, Gerry", mailte sie, „ich komme gern, sobald ich meine Prüfungen mit Anstand hinter mich gebracht haben werde. Aber stört es deine Braut nicht, wenn du mich deinen Augenstern nennst? Jessy."

Wieder brummte nach kurzer Zeit das Handy und Jasmin las: „Jeder weiß, dass du meine große Liebe bist, mein Augenstern, und dass du mich verschmäht hast und ich jeden, der es wagen sollte, dich zu heiraten, umbringen werde. Das weiß auch Kora, sie kann damit leben, Gerry.

P.S. Kora ist meine Braut."

Zwei Jahre waren vergangen, als Lakota seinen Hund Wotan neben den anderen Hunden in der Senke begraben musste. Dann war Nadja nach Wichita gegangen, um dort das Lehramt zu studieren, welches schon ihre Mutter Ethele studieren wollte, Lakota war darüber sehr gerührt und war es immer noch. Wenn Nadja in ihren Semesterferien auf die Ranch kam, dann ließ sie es sich nicht nehmen, wenigstens für einige Tage bei Justus, ihrem Vater, und bei den alten Timperlins, ihren Großeltern, vorbeizuschauen. Dann besuchte sie auch, meist von Justus -sie nannte ihn immer noch so- oder von Lakota begleitet, oben am Waldrand, im Zeltdorf ihre Großmutter, „Sanftes Mondlicht". Die Dorfbewohner wussten, dass sie Etheles Tochter war, die sie einst verstoßen hatten, sie begegnete ihr zurückhaltend, aber wegen Lakota, den sie verehrten und achteten und der sie stets begleitete, auch freundlich und zuvorkommend. Wenn Nadja nicht Justus auf die Weiden oder auf die Viehmärkte begleitete oder mit ihm und Lakota, so er da war, Ausflüge in die Berge machte, so wie sie es von jeher zu dritt taten, dann half sie Frau Timperline im Haus oder in ihrem Kräutergarten.

Einmal waren sie in die Berge geritten, zum verschwiegenen See und zur Hütte, die bereits halb verfallen war. Am lichten Hang fanden sie die Gräber mit den hellgrauen Felssteinen, die sie einst drauflegten, sie waren von wilden Primeln dicht umrankt, ihre leuchtend violetten und zartgelben Blütenkelche wurden von fleißigen Bienen, Hummeln und Faltern umschwirrt. Ein junger Wacholderbusch breitete seine Äste darüber aus, ein Finkenpaar schwirrte hinein und heraus, es hatte wohl ein Nest darin gebaut.

Sie standen lange versunken in diesen wunderlieben Anblick und in Gedanken an Ethele und ihren Beschützer.
Dann schaute Justus auf den See zu ihren Füßen und über
den Wald, in dem er einst mit Axel und Wotan nach Fallen
gesucht hatte, es war eine unerhört glückliche Zeit gewesen.
Er spürte, der Schmerz um Ethele war sanfter geworden, ein
stiller, wohlgelittener Begleiter, der zu ihm gehörte wie sein
Schatten. „Du hattest recht, Lakota", meinte er, „damals, als
du diesen Ort wähltest. Hier wärmt die Sonne Tag für Tag
die Erde und lässt sie fruchtbar werden, so wie sie es seit
jeher tat und für alle Zeiten tun wird. Ich bin glücklich, Lakota, glücklich um die Zeit mit Ethele."

Lakota schaute ihn wie erwachend an. „Verzeih, Justus",
meinte er im bitteren Ton, „bitte verzeih, was euch angetan
wurde. Ethele hat vergeben, das spüre ich und das sehe ich
an ihrem Grab. Ethele hat vergeben, vergib auch du, Justus.
Und Nadja, bitte vergib auch du."

Nadja, von einer seltsamen Stimmung ergriffen, murmelte:
„Ich habe nichts zu vergeben, Lakota, ich wünsche mir nur,
dass wir immer Freunde bleiben, du, Justus und ich."

Lakota war es, als spräche seine Schwester Ethele aus dem
Munde ihrer Tochter, es tröstete sein Herz, das sich nach
Ruhe sehnte. Justus aber schloss Nadja in die Arme. „Das ist
auch unser größter Wunsch, Nadja", meinte er ergriffen.
„und der deiner Mutter, die uns bestimmt jetzt sieht, hier an
ihrem Grab."

Seit auf der Timperline-Ranch der Vorarbeiter wegen eines
bösartigen Krebsgeschwürs erkrankt war, half Lakota gele-

gentlich auf der Timperline-Ranch aus. Befreundete Rancher halfen sich, wenn Not am Mann war, das war nichts Ungewöhnliches. So kam es, dass Lakota des Öfteren in das etwa zwanzig Minuten entfernt liegende Dorf der Komantschen ritt und seine verwirrte Mutter besuchte und auch sonst nach dem Rechten sah. Wenn Abdolo kam, im Winter auch die Väter und jungen Männer, dann war es fast wieder wie in alten Zeiten, dann wurden am Feuer die alten Geschichten erzählt. Die Kinder und Jugendlichen lauschten andächtig, wenn die Erwachsenen von den Naturgöttern und ihren wunderbaren Wirken erzählten, von den Vorvorvorvätern, die mit den Büffeln vom Missouri bis hinauf nach Montana durch die Prärie zogen, dann wollten sie werden wie sie, so frei wie die Adler in den Lüften. Wenn die Erwachsenen die alten Geschichten zur nächsten Generation weitertrugen, dann schien es, als wären „Weise Eule" und die andere Ahnen auf geheimnisvolle Weise gegenwärtig.

Weitere zwei Jahre vergingen, als Jasmin an einem Sommernachmittag, einen großen Leinenrucksack auf dem Rücken, überraschend auf der Walker-Ranch auftauchte. Sie hatte in Salina einen Linienbus bestiegen, war am breiten, holprigen Weg, der zur Walker-Ranch abging, ausgestiegen und das Stückchen zur Ranch gelaufen.

Als Frau Walker das staubige, verschwitzte Mädchen draußen vor der Veranda stehen sah, erkannte sie es zunächst nicht. Sie trug einen geflochtenen Hut, der ihr Gesicht mit einem Gittermuster beschattete, eine kurze Short, weiße, verstaubte Turnschuhe und weißgraue Söckchen, ihr T-Shirt hing lose an ihr herab, aus ihrem Pferdeschwanz hatten sich lange Strähnen gelöst. Erst als das Mädchen ihren Namen rief: „Hallo, Frau Walker! Hallo, Silvia! Ist jemand da?", da hatte sie Jessy, die einstige Freundin ihres Sohnes Gerry wiedererkannt. Vor Freude außer sich bat sie Jasmin herein, Silvie brachte ein großes Glas Wasser, danach durfte sich Jasmin im Bad duschen und frische Sachen anziehen. Frau Walker rief währenddessen Gerry mit dem Handy an und eine Stunde später war er da. Jasmin und er lagen sich in den Armen, schauten sich an, lachten und erzählten durcheinander. Beim Abendessen saßen sie nebeneinander, Frau Walker hörte ihrem glücklichen, aufgeregten Geplauder und Necken zu und fragte sich, warum es damals mit den beiden nicht geklappt hatte? „Sie sind doch ein Herz und eine Seele", dachte sie.

Später saßen sie in der Hollywoodschaukel, die Frankie letzten Sommer auf der Veranda aufgestellt hatte, sie erzählten, schaukelten, schwiegen und fühlten die innige Verbundenheit von früher wieder. Jasmin bemerkte den goldenen Ring an Gerrys rechtem Ringfinger. „Bist du glücklich, Gerry?", fragte sie. „Jetzt, da du eine Familie haben wirst?"

„Glücklich, Jessy?", antwortete er nachdenklich. „In diesem Augenblick bin ich glücklich und ich war glücklich, als du da warst und ich glaubte, dass wir zusammenbleiben würden, dass wir zusammengehören. Weißt du, als du weggingst, da fiel die Welt für mich ein, es war schrecklich. Aber jetzt bist du da, das ist wunderbar."

„Ja, Gerry, so geht's mir auch. Ich bin glücklich, dich wiederzusehen und hier sein zu können. Hast du eigentlich die Ringe noch? Ich meine, unsere Ringe? Wenn ja, dann hätte ich den meinen gern, ich möchte ihn tragen." Einen bangen

Moment lang befürchtete Jasmin, er hätte ihn seiner zukünftigen Frau an den Finger gesteckt.

„Aber natürlich habe ich sie noch, ich werde sie tragen, solange ich dich liebe, Jessy." Gerry zog unter seinem Shirt ein Lederbändchen hervor, an dem zwei Silberringe hingen, die Ringe mit ihren eingravierten Initialen.

„Warum willst du ihn haben?", fragte Gerry.

„Ehrliche Antwort?"

„Natürlich, was sonst."

„Dummer Kerl, weil ich dich liebe, merkst du das nicht? Aber nicht ausschließlich, Gerry, da gibt es noch einen, den ich wohl auch lieben könnte."

„Wer ist es, ich werde ihn töten."

„Das brauchst du nicht, Gerry, denk' an deine zukünftige Frau und an deinen Sohn. Warum willst du eigentlich heiraten?"

Weil Jasmin am nächsten Tag partout zur Timperline-Ranch reiten wollte, sah sich Gerry gezwungen, sie zu begleiten. Immerhin waren es bis dorthin mehr als sechzig Meilen teils durch schwieriges Gelände, für eine ortsunkundige, junge Frau, selbst wenn sie bewaffnet ist, ein zu riskanter Ritt. Außerdem konnte er bei der Gelegenheit Lakota, der sich gerade dort aufhielt, seinen Hund bringen, einem Nachkommen von Lars. Lakota hatte sich Aische, so nannte er die Hündin, unter den Wurf Welpen ausgesucht, drei davon hatten sich Nadja und Frankie geholt und zwei waren auf der Ranch seines zukünftigen Schwiegervaters geblieben. Aische war eine sehr gute Wahl, fand Gerry, es wurde höchste Zeit, dass sie bei ihrem Herrn war, und zwar ausschließlich und nicht nur gelegentlich. Sie war nun alt und kräftig genug, um die Strecke bis nach Pikes Peak und zurück zur Walker-Farm regelmäßig zu bewältigen.

Am frühen Morgen ritten sie los und kamen mit einigen kurzen Pausen, auch wegen des jungen Hundes, am späten Nachmittag bei der Timperline-Ranch an. Außer Frau Timperline und einige Hausgehilfen war niemand da.

„Die Männer kommen erst zum Abendbrot heim", meinte Frau Timperline und bat Gerry und Jasmin zu einer Tasse Kaffee oder zu einem Bier ins Haus."

Gerry hatte Durst und kam ihrer Einladung nach, Jasmin aber war zu aufgeregt, um plaudern und Kaffee trinken zu können, sie wolle, meinte sie, zuerst den Hund und die Pferde versorgen. Sie schöpfte mit einem Eimer Wasser aus dem Trog vor dem Brunnens, ließ die Pferde und den Hund saufen, danach kühlte sie sich am Wasserstrahl die Arme und das Gesicht und schlürfte aus ihren hohlen Händen vom erfrischenden Nass.

Jasmin brannte darauf, das Dorf der Komantschen zu sehen, wenigstens von Weitem. Sie wartete, bis die Tiere genug gesoffen hatten, dann schwang sie sich auf Ute, die sie auch dieses Mal reiten durfte, und meinte: „Komm, Aische, sehen wir uns ein wenig um. Vielleicht finden wir deinen Herrn. Das wäre doch fein, nicht wahr?"

Lakota wischte sich mit dem Handrücken über seine feuchte Stirn, dann setzte er sich aufatmend neben seine Mutter, „Sanftes Mondlicht", die im Schatten ihres Wigwams auf einem Stuhl saß und an einem Stückchen Stoff herum stickte. Er betrachtete den bis zu den Erdgeschossfenstern hochgezogenen Bau und meinte zu ihr: „Du wirst sehen, Mutter, bis zum Herbst ist der Rohbau fertig, wenn Vater kommt, haben wir den Dachstuhl drauf. Es wird ein schönes Haus, Mutter, mit großen, hellen Zimmern, einer Küche, einem Badezimmer mit fließendem Wasser und einer schönen, großen Veranda mit einem Kamin. Morgen kommen Abdolo und Justus mit dem kleinen Laster, sie werden eine Fuhre Dachziegel mitbringen und beim Dachstuhl mithelfen. Bis dahin muss der Steinhaufen dort verbaut sein.

Lakota lächelte seine Mutter, die konzentriert und selbstvergessen an ihrem Stückchen Stoff herum stickte, mitleidig an. „Weißt du", meinte er, „die Zelte halten nicht ewig, sie sind aus imprägniertem Leinen, die Steinhäuser dagegen trotzen jedem Wetter und jedem Sturm, sogar einem Hurrikan. Jeder im Dorf wird ein Steinhaus wie dieses bekommen."

„Sanftes Mondlicht" lächelte ihren Sohn freundlich an, seine liebe Stimme tat ihr gut. Aber dann flackerte eine plötzliche Sorge in ihrem Blick auf. „Wann wirst du gehen? Du wirst doch gehen und mich alleine lassen, nicht wahr?"

„Aber nein, Mutter, ich werde hier bleiben, bei dir"

Beruhigt widmete sich „Sanftes Mondlicht" wieder ihrer Stickerei.

Lakota wollte gerade wieder an seine Arbeit gehen, als er einen Reiter kommen sah. Als er näher kam, erkannte er, dass es eine junge Frau war, sie saß auf Ute, einer Stute von der Walker Ranch. Vor dem Pferd lief Aische her, seine Hündin, und kam freudig wedelnd auf ihn zu, sie hatte ihren Herrn erkannt. Die Hündin war Wotans und Lars Nachkomme, sie sah prächtig aus, stellte Lakota zufrieden fest. Die Reiterin war ihm gefolgt und sprang vor Lakota und seiner Mutter vom Pferd.

„Hallo, Lakota", grüßte sie und nickte der seltsam abwesend wirkenden Frau mit dem schlohweißen Haar, die neben Lakota auf einem Stuhl saß und stickte, zu. „Erkennst du mich nicht mehr, Lakota? Ich bin Jasmin, das German-Girl. Ist schon eine Weile her, dass wir uns das letzte Mal sahen, nicht wahr? Ich dachte mir, ich bring' dir Aische vorbei, sie hat den weiten Weg hierher ohne Schwierigkeit geschafft. Wie geht es dir, Lakota?"

Lakota stand auf und spürte verwundert, wie sein Herz ungestüm zu pochen begann. „Hallo, Jasmin", erwiderte er ihren Gruß. „Das ist meine Mutter, „Sanftes Mondlicht".

Die alte Indianerin sah lächelnd zu Lakota auf und bestickte dann weiterhin ihr Stückchen Stoff. Die Besucherin beachtete sie nicht, sie nahm sie nicht einmal wahr.

Natürlich erinnerte sich Lakota an das schöne Mädchen, wie hätte er es vergessen können, aber dass sie nun wahrhaftig vor ihm stand, das erschien ihm schier unmöglich zu sein. Aber sie war es leibhaftig, sie stand mit erregtem, erhitztem Gesicht vor ihm und schaute ihn mit strahlenden Augen an.

Er erinnerte sich an seine Gastgeberpflichten, kein Wunder, es kamen wahrhaftig nicht oft Fremde ins Dorf. Nur einmal war ein Mann vom Bauamt dagewesen und hatte den Wasseranschluss überprüft.

„Willst du dich setzten und etwas trinken, Jasmin? Du hast sicher Durst?", fragte er.

Inzwischen hatten sich einige Kinder und Jugendliche, auch ältere Männer und Frauen eingefunden, sie beäugten Jasmin neugierig. „Wer bist du?", fragte ein Junge.

„Es ist Jasmin", beantwortete Lakota die Frage, ihren Nachnamen wusste er nicht. „Sie kommt aus Germany, das ist ein Land in Europa, jenseits des großen Wassers. Was willst du trinken, Jasmin, wir haben selbstgegorenen Apfelmost und Waldfruchtsäfte. Kay, hol' bitte ein Glas Wachholdersaft für Jasmin und für Aische eine Schale Wasser."

Kay, ein etwa zehnjähriger Junge mit einer löchrigen, abgewetzten Jeans, flitzte sofort davon.

„Wie kommt es, Jasmin, dass du hier bist?", fragte Lakota und rückte einen Stuhl für sie heran. „Bleibst du länger?"

Sein Herz begann wieder einigermaßen normal zu schlagen, er konnte wieder vernünftig denken.

Natürlich hatte er das Drama mitbekommen, das sie auslöste, damals, als sie wegging und Gerry sozusagen im Regen stehen ließ, das hatte keiner verstanden. Gerry hatte lange darunter gelitten, der arme Junge. Auch seine Pläne, sich in der Polizeiakademie von Kansas City als Hundeführer ausbilden zu lassen, musste er wegen einer Taubheit im rechten Ohr, ein Andenken an Afghanistan, wie es hieß, aufgeben. Jetzt, wo der Junge endlich darüber weg zu sein schien, kurz vor seiner Heirat und der Geburt seines Sohnes, da ist sie plötzlich wieder da.

„Ich habe mein Studium beendet, Lakota", hörte er sie sagen, „ich kann bleiben, solange ich will. Weißt du, das freie, selbstbestimmte Leben in Kansas, die herrlich wilde Natur und die Menschen gefallen mir. Ich fühle mich hier sehr gut."

Sie nahm dankend den Becher mit dem Saft entgegen, den ihr der Junge reichte. Die anderen, es mussten jetzt schon so ziemlich alle Dorfbewohner sein, hatten sich vor ihr, Lakota und seiner Mutter eingefunden, teilweise saßen sie mit verschränkten Beinen auf dem Boden. Jasmin schaute in ihre schönen, erhabenen, freundlichen Gesichter, dann in Lakotas ruhiges, edles Antlitz und meinte, ihn still anlächelnd: „Vor allem aber, Lakota, gefallen mir die Menschen, die hier leben. Ich will sie kennenlernen, will mit ihnen leben und von ihnen lernen. Ich will sehen, wie du dieses Dorf aufbaust. Vielleicht auch will ich dir dabei helfen, Lakota. Glaubst du, das wird möglich sein?"

Lakota schaute forschend in dieses rätselhafte, bezaubernde Mädchenantlitz und meinte nachdenklich. „Alles, was du willst, Jasmin, ist möglich."

Die Sonne ging hinter den Bergen unter und färbte mit ihrem letzten Licht den Horizont blutrot.

Keine Insel ist der Mensch,

aber allein mit seinen Gefühlen,

die ihn umtosen, wie der Sturm das Auge des Orkans.

Trilogie

Jugendbücher

Eine Auflistung aller Buchtitel und eBooks
mit ISBN-Nummern finden Sie auch unter der
Web-Adresse: http://www.hannelore-deinert.de

Die Bücher und eBooks der Autorin sind im
Buchhandel,
den Verlagen oder im Internet erhältlich.

Hannelore Deinert ist in Kelheim an der Donau geboren und wuchs ohne Vater auf, er ist im Krieg geblieben. Nach einigen Wanderjahren und einem sehr intensiven Familien- und Berufsleben, sie betrieb in Münster bei Dieburg ein Spielwaren- und Bastelgeschäft, fand sie die Zeit, ihrer Leidenschaft, dem Schreiben, nachzukommen. Sie absolvierte erfolgreich ein Literatur Fern-Studium und schreibt Romane, Kurzkrimis, Gedichte, Jugend- und Kindergeschichten. Ihr Motto ist: *Pures Licht blendet zu sehr, zum Glück gibt es auch den Schatten.*

http://www.hannelore-deinert.de

232